Marcos Pamplona

o anjo da incerteza

Crônicas publicadas no Jornal Plural (plural.jor.br),
entre outubro de 2021 e fevereiro de 2023.

exemplar nº 124

Curitiba
2023

Ilustrações, capa e projeto gráfico **frede tizzot**

encadernação **laboratório gráfico arte e letra**

©Arte e Letra, 2023
©Marcos Pamplona

P 186

Pamplona, Marcos
O anjo da incerteza / Marcos Pamplona. – Curitiba : Arte & Letra, 2023.

196 p.

ISBN 978-65-87603-44-5

1. Ficção brasileira   I. Título

CDD   869.93

Índice para catálogo sistemático:
1. Ficção: Literatura brasileira   869.93
Catalogação na Fonte
Bibliotecária responsável: Ana Lúcia Merege - CRB-7 4667

arte & letra
Curitiba - PR - Brasil
Fone: (41) 3223-5302
www.arteeletra.com.br - contato@arteeletra.com.br

sumário

Prefácio - por Ricardo Pedrosa Alves 5

Nevoeiro 16

Cutting 22

A breve aparição de um golfinho 28

Centopeia 36

Feliz natal, meu amigo 40

Negacionismo sentimental 46

Ave migratória 52

Aquarela 58

O anjo da incerteza 74

Boi desgarrado 68

A gaveta secreta 76

A chave do outro 82

Atrás do cão 88

Entre dólares e drogas 94

Buraco no teto 102

Mensagem numa garrafa 108

Nítido abismo 114

Todos os nomes levam ao mar 118

O amor não sabe morrer 124

Eu devia ter dito 130

O velho e a guitarra 136

Quando fui Jim Hawkins 142

O poço e o pai 150

Amnésia 156

Súcubo 162

O silêncio 170

O menino invisível 178

Fronteiras 182

O quintal 190

Sobre o autor 195

a incerteza, um lugar de impoder

Ricardo Pedrosa Alves

Vou começar por uma introdução talvez maçante, certamente mais generalista, e pode acontecer de você pular para o próximo parágrafo. Mas este O anjo da incerteza e o modo como Marcos Pamplona lida com o gênero crônica me lembrou de algumas coisas que já tinha estudado e sobre as quais tinha refletido. Permito-me uma palhinha do professor que também sou. Quero começar considerando que a crônica é um corpo estranho no jornal. Um "anjo da incerteza", para usar o título deste livro. Em tese, a crônica seria um gênero menor diante da objetividade e da importância das seções informativas do jornal. Mas é justamente daí que a crônica tira sua força. É bom dizer também que a estranheza da crônica no veículo de notícia não é apenas um gesto subversivo, pois o gênero também exerce uma função curativa, apaziguadora. Nesse sentido, ela é uma espécie de pedido de desculpas da mercantilização das notícias. Revela-nos que há algum sentido, mesmo que estranho, naquele turbilhão de tempo autofágico do jornalismo. A crônica mostra que ali há um sujeito, um igual de quem lê, alguém que resiste à alienação do sentido, alguém que trabalha artesanalmente no ambiente industrial. Dá para dizer que a crônica exerce uma função saneadora, reinstala a condição humana por sua natureza de monólogo conversado que surge a partir da observação de detalhes. Gênero do jornalismo industrial, cristalizado a partir do século XIX, a crônica contrapõe a memória, o microrrelato, a insignificância do dia-a-dia, à objetividade e à crueldade dos fatos. Sua humanidade abranda a desumanização. O dia-a-dia, carente de sentido, aparece transfigurado na crônica, objeto de reflexão autoral, de alguém que flana pelos lugares e que, dessa "incerteza", atinge um tempo mais profundo. Por isso a crônica trabalha no tempo. Ela costuma partir do presente, mas o analisa em geral a partir do passado, da experiência. Sendo assim, talvez seja ilusório dizer que a crônica é um gênero menor. De certo modo, ela é o ápice da voz autoral, pois quem a escreve o faz em nome próprio. Sua coluna tem seu nome, seu estilo é indissociável de uma existência poderosa: alguém que a assina diante dos olhos de quem lê.

Sim, este O anjo da incerteza contradiz pouco essas generalidades sobre a crônica enquanto gênero, seu lugar na cadeia produtiva do jornal. Ocorre que o fenômeno independe da escrita de Pamplona: é a condição objetiva desse tipo de texto no espaço em que vem primeiramente apresentado. Mas eu escrevi acima que é daquela suposta menoridade, uma suposta despretensão, que a crônica extrai sua força. Então agora eu quero convidar você a ver que qualidades eu encontrei no livro do Marcos. Penso, mesmo, que você vai topar com elas ao ler o livro. E espero, ainda, que encontre outras qualidades. Eu diria que não são poucas.

Primeiro, Pamplona parece ver com cautela aquela função saneadora. Eu já havia notado isso no seu livro anterior, o Ninguém nos salvará de nós (2021). Com a maioria das crônicas escritas durante a pandemia mundial de Covid, vivida por ele a partir de um exílio voluntário em Portugal, para o qual a emergência do fascismo à brasileira foi determinante, o livro contrariava uma expectativa em geral associada ao gênero, a do humor e da diversão. Já ali, e também neste O anjo da incerteza, a humanização que o autor exerce no espaço do jornalismo não precisa se apoiar no riso. Mesmo a leveza, outro ponto comum nas caracterizações do gênero, era quase inatingida (e uso a expressão "inatingida" pois a leveza era sempre um desejo contrariado pelo excesso de constrições do tempo: a pandemia, o fascismo, o desastre ambiental, o estranhamento da estrangeiridade etc.). Eram crônicas, as do livro anterior, ancoradas na desterritorialização, numa busca até exasperada do tempo perdido, mas que se fazia a partir do isolamento imposto pela pandemia e pelo limbo da condição expatriada. Percebíamos, em Ninguém nos salvará de nós, uma escrita à beira do abismo (que era o de todos nós), desnorteada pelos rumos políticos recentes, assombrada talvez. Mas era uma escrita que buscava frestas, como quando tratava da relação amorosa, quando (re)visitava a infância, quando vivia geografias de liberdade, como as praias, e quando contrapunha a beleza cortante da imersão no tempo ao confinamento amargo do presente.

Acho importante destacar um segundo ponto, para além daquele de não ser uma escrita que busque o riso ou que conforte pela diversão ligeira, aspectos que caracterizaram um tanto da crônica brasileira. É que Marcos Pamplona não abdicava da poesia no livro anterior. E essa, digamos, propensão poética, trazia a melancolia como um distanciamento importante, algo que continua em O anjo da incerteza. "Nec spe nec metu": sem esperança nem temor, repetindo o adágio popularizado pelo poeta Ezra Pound. Seria esse o segundo gesto de Marcos Pamplona a borrar o lugar potencialmente ameno da crônica, como explicamos acima. Sua outra subversão.

Quando eu li o título deste novo volume de crônicas, pensei imediatamente no "anjo da história" que Walter Benjamin propôs a partir do Angelus Novus, um quadro de Paul Klee. De fato, o quadro de Klee dá a impressão de que um anjo, que nos é frontal, afasta-se de nós. A leitura de Benjamin propõe que ele é empurrado para o céu pela barbárie inerente ao dito progresso, um projeto excludente de civilização. O anjo parece olhar estarrecido o acúmulo de desgraças. Este livro tem isso também, a consciência da necessidade de uma escrita a contrapelo. Mas não é só a esse anjo que Marcos Pamplona se refere: trata-se, aqui, de um anjo que vela a resistência possível. E ela se faz no presente, na presentificação textual da vida. Essa resistência é frágil, necessita de um cuidado enorme. O anjo da incerteza é um anjo sem sermões, sem púlpito, abertamente aberto, derivado da deriva. Ele não está no uso deturpado da cultura, aquele uso defendido pelo discurso dos poderosos, aquele discurso que propõe a unificação de nós todos. Ao contrário, a escrita de O anjo da incerteza aposta justamente na possibilidade da singularidade, uma liberdade que nos é inerente, como propôs Hannah Arendt. Por isso mesmo, as crônicas de Pamplona evitam uma oralização de fácil condução. Tampouco apostam no pedestal, naquela voz que fecha os sentidos e ignora os atritos (necessários, imprescindíveis) entre o Eu e o Outro. Por isso evitam o humor amigável e apaziguador. São textos que sabem que "je suis un autre" ("eu é um outro", no verso de Arthur Rimbaud). Nunca há o risco egóico nas crônicas de Pamplona, ainda que nos conduza à reflexão e ao risco que só a poesia possui, através de sua vida, sua história, suas memórias, suas andanças, suas relações sociais, amorosas, familiares. O umbigo do autor é evitado, mesmo que suas crônicas tragam seu nome na coluna do jornal Plural. Não é muito difícil mostrar como ele faz isso. É o que farei a seguir.

Há uma condição narrativa muito presente nos textos deste livro. Trata-se de uma mediação. Um exercício, direi, da escuta. Vejamos como funciona. O narrador de muitos dos textos se põe à rua, flana, exerce seu direito à incerteza. No mais das vezes, ele é um narrador que escuta, que se põe a narrar de modo indireto, refletindo sobre o que veio de alguém (não necessariamente identificado na algaravia das vias que o mundo voltou a viver após o confinamento de origem pandêmica). O narrador se posiciona num lugar de não saber, é como que apanhado numa fresta do tempo. Como lembra Italo Calvino, quando reflete sobre a "leveza", Perseu só consegue decepar a Medusa (aquela que nos petrifica) por não a encarar de frente: ele a vê indiretamente, no reflexo de seu escudo. Assim funciona o lugar de escuta nas crônicas de Marcos Pamplona. Alguns exemplos: o pai que escuta a filha falando da prática do cutting; a companheira de viagem que interrompe a leitura do narrador e passa a falar de si; alguém que fala com amargura da mãe morta; o velho poeta português com quem almoça e que lhe conta suas angústias; o amigo que relata o bullying sofrido pelo filho. Com essa estratégia narrativa, Pamplona consegue sair da posição de autoridade, de quem dá lições, escapando também da tentação superficialmente autobiográfica.

A mesma perspectiva se manifesta naquele que talvez seja o objeto preferencial das crônicas: o livro, a literatura. Pois também ali, enquanto leitor, há um aprendizado que conduz à iluminação do mundo, ao menos por um instante (e é o que nos basta, sabemos). O livro, não por acaso o lugar que reúne e dá cara nova a estes textos para um consumo mais ligeiro, como é aqui o caso, aparece como protagonista de O anjo da incerteza. Trata-se de um gesto essencial de Marcos Pamplona em tempos fundamentalistas. Lembro que quase metade dos brasileiros foi votar em 2018 sob uma campanha que tentava eleger o livro em lugar das armas. Sabemos que, voltando a Walter Benjamin, "o inimigo nunca deixou de vencer" (está no "Sobre o conceito da História", e lá também aparece a referência ao anjo citada acima). Daí a importância da ênfase no livro, do modo como ele nos conduz a uma espécie de... incerteza necessária. Uma incerteza que se faz por cautela: as sucessivas mortes do pai, presentes numa das crônicas; o lugar erradio do escritor, ao seguir um cão de rua; as chaves que alguém perde num metrô; os trajetos do presente, em Portugal, e os trajetos pelo Brasil, no passado. A consideração, enfim, de que o caminho se faz ao caminhar, e de que é preciso caminhar, ainda que seja uma operação de Sísifo, ainda que ela se faça à beira do abismo, ainda que um câncer, como numa das crônicas, possa nos comer metade do rosto. É assim que a literatura aparece no livro: como lugar da dúvida, da escuta, da intersubjetividade, da aposta estética, da sugestão de mundos, como espelho que nos devolve aquilo que já escrevemos antes, a incerteza: eu é um outro.

E ainda assim, e para terminarmos, a viagem não cessa. O anjo da incerteza é pontuado pela presença da morte do pai, tematizada em pelo menos três crônicas. A "única" certeza, o que não contradiz o dito cartesiano, embora também o dito cartesiano seja no livro de Marcos Pamplona contrariado. Pois a aposta termina nisso que somos, um corpo e alguém que chamamos de Eu. O Eu que se bifurca durante uma febre; o Eu que se funde ao movimento e ao veículo, pensando "Quem sabe eu tenha feito uma simbiose com o vagão"; um Eu que se sabe em trânsito e escreve "Morei em oito cidades, três países. Assim que o homem da padaria sabe o meu nome penso novamente na estrada – só acredito na estrada, no indivíduo em movimento, desapegado, inconcluso. Estou tão longe desta família transmontana, polida por atavismos como as pedras do chão de sua igreja. Mas posso amá-la, mesmo de passagem". Uma opção deliberada por não se fixar, uma aposta na transitoriedade. Estratégia muito necessária quando meras "convicções" se tornam "provas" no terraplanismo que nos rodeia.

Lembro que este livro abre com um barco atravessando um nevoeiro. Saindo do confinamento da Covid, passamos a enfrentar de modo inseguro (mas desejante) o mundo. Um novo desastre é possível, não saímos do estado de exceção permanente. Isso fica evidente na necessária politização de muitas das crônicas desta obra. Pamplona associa o colonialismo português ao fascismo contemporâneo, e o faz muito bem. Noutro texto, revive uma relação amorosa durante a ditadura brasileira pós-1964, sem perder de vista a violência do período. O autor sabe que, como já escrevemos, o inimigo nunca cessa de vencer. Mas, num percurso que inicia pela deriva de um barco no nevoeiro, o trajeto todo nos levará a terminarmos, no último deles, já atravessados todos os textos, num quintal. Sim, um quintal, esse lugar sem ênfase. Como sem ênfase é o gênero crônica. Não haveria melhor fecho para este livro. Antes do quintal, você verá golfinhos, andorinhas, centopeias, lacraias, cachorros, mensagens em garrafas, buracos no teto. Verá delírios, metamorfoses, vidas que se foram, vidas que nos continuarão. Mas chegará ao quintal. Chegará, leitora e leitor, à infância do quintal, à infância no quintal, quando a liberdade e a imaginação permitiam outros mundos. Sim, há uma fresta para a esperança, contrariando um pouco aquele adágio "poundiano". Ela é tímida, quebradiça. E é a única que temos. A incerteza, um lugar de impoder.

nevoeiro

Vim de cabeça baixa pelo píer, seguindo a multidão. Entrei no barco. Achei um lugar entre as centenas de poltronas azuis, abri meu livro e comecei a ler. Não havia reparado em nada estranho, apesar de alguém ter dito "What the fuck?!".

Só agora, quando o barco aponta a proa para o Tejo, ergo os olhos do livro e percebo a situação. O rio está coberto por uma névoa espessa, não se vê cinquenta metros à frente. Em dois anos de idas e vindas entre o Barreiro e Lisboa, é a primeira vez que me deparo com algo assim. Não posso imaginar como o piloto vai saber o percurso. Até porque, para não encalhar o barco, ele precisa se guiar pelas boias que sinalizam por onde deve navegar. Há muitos bancos de areia, e a correnteza os muda de lugar, o que obriga a marinha a reposicionar constantemente a sinalização.

Mesmo assim, lentamente, o barco avança.

O piloto fica bem no alto, acima dos dois andares do catamarã. Mas não acredito que veja muito melhor do que nós. Estou sentado quase à frente dos vidros da proa, é óbvio que não se pode enxergar as boias de ângulo nenhum. E se alguma outra embarcação cruzar nosso caminho, não haverá tempo para manobra. Isso deve ter um radar, penso, já meio inquieto. Mas por que então vamos nesse passo de tartaruga? O radar não localiza coisas pequenas, canoas, lanchas?

Não há marinheiros no interior do barco para eu fazer perguntas. Só há o piloto, inacessível em sua alta torre de comando.

Exceto eu e um jovem africano, ninguém parece se importar com nosso destino. Estão quase todos com os olhos afundados nos celulares. O jovem, que usa uma camisa xadrez azul-marinho e bordô, afastou-se do encosto e examina apreensivo a estreita faixa de rio que vamos desvendando. Assim como eu, deve imaginar que a qualquer momento vai surgir da treva branca o monstro de metal que baterá em nós. Porque, depois de Almada, na parte funda que passa sob a ponte 25 de Abril, surgem aqueles cargueiros pesados que navegam pelo Tejo. Mas, nessa marcha tateante de cego, talvez nem tenhamos cruzado o Seixal.

A tranquilidade das pessoas me faz pensar que já passaram por isso. Nesse caso sabem que o piloto nunca erra, ou pelo menos nunca errou, mesmo nas piores condições climáticas. Ao contrário de mim, a maioria delas nasceu ou está há muito tempo aqui.

Mas pode ser que estejam fazendo o que sempre fazemos em nossas vidas: por preguiça, indiferença, estúpida submissão, deixamos que nos levem, não importa se para o cais ou para a morte. Aconteça o que acontecer, já temos os nossos próprios problemas. Pois ao redor do mundo, neste momento, bilhões de criaturas não seguem o curso de suas vidas enquanto o planeta caminha para o desastre ambiental? O mar inundará parte da terra, faltará água para beber, o Saara se expande, a Amazônia diminui, espécies desaparecem... o que fazer? Não sabemos. Ou sabemos, no entanto não estamos no controle. Algo deu errado, sim, mas *eles* resolverão isso – não é possível que não resolvam.

Penetramos o nevoeiro, bem quietos.

O motor do barco gira em compasso contido, grave, sinistro.

Ao meu lado, a mulher de cabelos prateados, com uma rosa tatuada no braço forte, estica as pernas e apoia a mão do celular na barriga. À esquerda, mais atrás, um casal olha cheio de ternura o seu bebê no ar, erguido pelas mãos do pai. Evito olhar os peitos enormes de uma velha que dorme resmungando sabe lá o quê.

Não sei quem são eles, meus vizinhos de viagem. Na verdade, me esforcei pouco para saber. Poderia dizer que o mundo está cansado, tomado pela indiferença, que o egoísmo arruinou tudo, mas acho que sou eu. Encobri talvez o cansaço de mim mesmo com preguiça da própria espécie.

O nevoeiro se adensa. O barco fica ainda mais cauteloso. Ninguém desvia o olhar de sua tela. Quem estará no comando?, pergunta quem sabe o jovem negro da camisa xadrez, pousando os olhos nas mãos.

cutting

A fila do *fast food* anda mais rápido do que eu esperava. Meio irritado por ter que tomar logo uma decisão, examino de novo os vinte ingredientes, depois os cinco molhos com que posso compor meu prato de *noodles*. Quando chegamos ao caixa, deixo minha filha fazer seu pedido. Ela e a moça do caixa olham pra mim. Tento não parecer parvo, mas ainda pergunto:

– São três ingredientes e um molho?

Quase juntas, as duas dizem que sim.

Escolho os nomes mais bonitos, camarão, rebentos de bambu, molho de ostra.

– Falta um ingrediente, diz a garota do caixa.

– Ovo, digo.

Marina me olha com expressão de asco:

– Ovo com molho de ostra?

Faço um vago sinal afirmativo.

Numa vida já saturada de escolhas (muitas delas erradas, como costuma acontecer), detesto ter que decidir até isso. Mas agora me oferecem mil opções para tudo. Não consigo comprar um detergente sem me sentir inseguro, impotente diante das possibilidades. E para que preciso, por exemplo, de sabão com enzimas ativas, ou de 11 intensidades de café? Preciso de roupas limpas e café – apenas café! –, uma poltrona, um livro e um pouco de paz.

O rapaz prepara meu prato no *wok* sobre uma boca de onde sobem labaredas turbilhonantes. A comida gira, salta da frigideira funda, que o moço de lenço na cabeça manipula com habilidades de malabarista. Depois do show, me estende o prato. Marina já me aguarda, a comida fumegante nas mãos.

Tentando ser civilizados, disputamos uma mesinha da praça de alimentação. Marina chega antes de um homem engravatado a uma delas.

Apesar de não haver ninguém à nossa volta que vista menos de quinhentos euros, me sinto num refeitório industrial.

Minha filha parece meio apreensiva. Está com o pai, este ser pesado e obsoleto de quem espera alguma empatia pelo seu mundo. Aponto uma lanchonete de hambúrgueres veganos, com opções caras.

— Já reparou que para proteger os animais uma pessoa tem que ter conta na Suíça?

Ela faz uma expressão adolescente de tédio. Depois, deixa eu dar a primeira garfada. Me olha de relance. Como quem não quer nada, pergunta o que achei.

Sei que precisa da minha aprovação, vim ao seu território. Mas fico tentando entender como fazem para que camarão, rebentos de bambu, ovos e *noodles* se autoanulem. O que está acontecendo agora com os nomes e os alimentos? Enquanto os primeiros ficam cada vez mais suculentos, os últimos se afastam lentamente da nossa memória gustativa.

— Está bom, filha.
— Bom?
— Bom, sim. Bom.
— Você não gosta de nada. Eu acho uma delícia. É o melhor *noodles* de Lisboa.
— Você já comeu todos os *noodles* de Lisboa?

– Não enche, pai.

– Isso aqui é um shopping, não se pode esperar quase nada da comida. Mas claro que eu gosto de muita coisa. A feijoada à transmontana da Tasquinha do Custódio, por exemplo.

– Acho aquilo decadente. Parece sujo. E a comida, ui!, um monte de pelanca.

– Antigo não é sujo. E o que você chama de "pelanca" é o que sobrava antigamente para os pobres. Foram os pobres que criaram os melhores pratos. Com os restos dos ricos. Na senzala...

Marina belisca um cogumelo no prato e me interrompe:

– Pai, ouve isso! Sabe a Maria?

Mostro interesse, admirado com o viço intocado dos seus cabelos ruivos; a pele fresca, sem os rabiscos do tempo; os olhos vivos que oscilam entre a dúvida infantil e a arrogância juvenil. Diante de mim está o ímpeto sempre renovado da vida, a força cega que surge e ressurge das cinzas da civilização. Quem sabe não será a geração dela que nos libertará de tanta solidão?

– A Maria se corta.

– Como assim?

– Se mutila, é assim que fala?

– "É assim que *se* fala". Por que ela faz isso?

– Sei lá!

– Já avisaram os pais, a direção da escola?

– Todo mundo sabe. Os pais tão cagando pra ela... Mas agora tem muita gente que faz isso, é moda. Tem até nome, *cutting*.

– Que coisa horrível. Deve ser pra chamar a atenção. Você acha que ela corre o risco de se matar?

– Claro que não.
– Você não sabe.
– A Maria não vai se matar, pai.
– Ela se corta onde?
– No braço. Anda sempre de manga comprida.
– É a sua melhor amiga, não é?
– É. Não sei. Eu tô saindo mais com a Inês.
– E a Inês?
– É legal.

Considero a possibilidade de que o celular delas venha a ser substituído pelo estilete. Um outro tipo de comunicação.

– Ela também se mutila?

Marina ri, a ponto de exibir um pouco da comida que tem na boca.

– Ai, pai! A Inês é toda certinha.

Diverte-se com a minha ignorância, mas eu não sei quem é a Inês. Digo isso para ela.

– Pai... Você conheceu a Inês no Chiado. Era a mais baixa das três.

– Ah, sim, a Inês, minto. Tenho apenas a imagem difusa das garotas me cumprimentando à distância, ansiosas para falar entre si, enquanto minha filha procurava discretamente me despachar.

Ao contrário de outras vezes, ao fim do almoço Marina não mostra nem esconde nenhuma pressa. Diante dos pratos vazios, conversamos calmamente sobre qualquer coisa sem importância. Conto algo engraçado, uma piada boba; por um instante, o riso natural dela, para além do que eu digo, me perdoa, me acolhe.

Esperamos o ônibus. Minha filha me dá um beijo acanhado e embarca. Olho sua figura ainda frágil e luminosa misturar-se ao cardume de passageiros. Aguardo para ver se vai olhar pra mim através da janela, me acenar.

E lá está a mãozinha no ar, a flor tímida que brota do pulso.

Ainda bem que não se corta.

a breve aparição de um golfinho

Clara me recebe à porta com um riso meigo, inclinando a cabeça sobre o ombro. Usa um vestido calculadamente despojado, as estampas em tons de azul combinam com o anil das mechas que fez nos cabelos brancos. Logo atrás dela, num *tailleur* de embaixatriz para receber pessoas importantes, está Carlota, sua mãe. Não tenho, claro, muita importância, e a formalidade das duas de repente me torna grande e abrutalhado. Podia ter colocado uma camisa mais nova, tirado o pó das botas, aparado esta barba que já me desce pelo gogó. Aperto suas mãos pequenas e macias com firmeza, para não transmitir nada do meu desconforto. As duas, por empatia ou destreza social, me oferecem olhares calorosos.

Sigo Carlota pelos cômodos do extenso apartamento, entre móveis torneados e lustrosos e os quadros coloridos de Clara, que estão por toda parte.

– Esta cômoda era de meu pai. É francesa, do século dezoito. – Carlota alisa o móvel, suspira, como se a lembrança lhe pesasse. Depois aponta uma tela. – A Clarinha tem imenso talento, não tem?

Olho para uma figura tosca de mulher. Sorrio para Carlota, concordando. Clara vem me socorrer:

– Não submeta o Marcos a esta tortura! Vamos para a sala de jantar.

Ela me pede desculpas pela pressa, explica que a tia precisa comer, tem um compromisso logo mais. Agradeço mentalmente à tia, que ainda não conheço; sua pressa vai abreviar minha visita. Dizem qual é o meu lugar à mesa, eu me sento. Sobre a toalha muito branca, diante dos pratos e taças reluzentes, já colocaram queijos, vinho, azeitonas. As duas falam baixinho e, curiosamente, somem por um corredor. Provo o vinho que me foi servido, belisco um queijo camponês. Examino sobre minha cabeça o lustre em forma de fita de vidro em espiral; destoa de modo chocante dos móveis senhoriais, o que me leva a pensar que em toda a casa há um conflito estético entre os temperamentos da embaixatriz e da artista.

Ouço barulho de pratos e talheres lá dentro. Estão preparando o jantar.

Conheço essas mulheres superficialmente. Me encontraram em dois eventos literários e, no terceiro, me convidaram para escrever o texto do catálogo de uma exposição de Clara. Fiz um preço alto, elas aceitaram sem discutir, mas não sem me arrastar para o seu mundo. Agora estou aqui e não sei se a comida descerá bem, já que terei de redigir algo elogioso sobre os espantalhos de tinta que me olham das paredes.

Só então percebo que não estou sozinho na sala.

Num canto sombrio à minha direita, há uma mulher sentada, imóvel. Cumprimento-a. De máscara, ela responde qualquer coisa que não entendo. Pergunto se quer um pouco de vinho. Novamente não entendo o que ela diz, mas a mão erguida é uma recusa. Deve ser a tia. Aos poucos reparo que é alta, bem velhinha. Eu devia conversar com ela, mas provavelmente a deixaria irritada por não captar bulhufas do que ela diz.

Ficamos os dois em silêncio. Finjo naturalidade, belisco azeitonas, bebo vinho. A mulher parada ali, no entanto, é como o animal inofensivo que se torna ameaçador numa noite escura. Carlota e Clara quebram meu constrangimento ao invadir a sala com travessas fumegantes.

Clara traz a tia para a mesa. Ajeita-a na cabeceira, de um jeito que deixa o rosto dela na penumbra, fora do cone de luz. Serve algo exclusivo para a velha, uma espécie de creme. A tia tira a máscara, eu desvio o olhar. Procuro não demonstrar nenhuma reação ao que vi.

Conversamos sobre banalidades até nos concentrarmos no catálogo. O tema, diz Clara, é a libertação das mulheres. Me fala de passagem de Frida Kahlo e de uma tal de Artemisia Gentileschi. Carlota, em tom de confidência (embora todos possam ouvi-la), toca com delicadeza o meu braço:

– A Clarinha desde criança era muito irreverente.

Me conta então que conheceu La Casa Azul, em Coyocán, a casa onde Frida Khalo nasceu e morreu. Fico sabendo que esteve também na China, no Vietnam, na Austrália, Índia, várias vezes no Brasil. Rodou o mundo e em toda parte comeu maravilhosos pratos "típicos", servidos em hotéis cinco estrelas. Imagino-a entrando num único hotel que sai navegando pelo planeta; o cardápio e a paisagem vão mudando, mas ela está sempre à mesma mesa, com as mesmas pessoas ricas e estupidamente viajadas.

Pela porta de vidro da sala de jantar, vejo surgir um gato ruivo com um rato na boca. O rato mexe o rabo, o predador olha fixamente pra gente. Carlota bate as mãos para que o bicho vá embora.

– Ele trouxe-me uma prendinha!

A tia diz algo. Mesmo sem máscara, não a entendo. Evito olhá-la de frente, para não distinguir bem o seu rosto. Clara comenta:

Se calhar, viajou mais do que a mãe.

Concentrada em mim, ansiosa, a tia fala comigo. Começa a chorar.

Fico calado, mas elas percebem meu embaraço. Traduzem o que está acontecendo. O marido de Constança, a tia, foi um homem belíssimo que passou a vida viajando. Os dois eram muito felizes, "davam-se muito bem". Há alguns anos ele havia morrido e, depois, Constança teve um câncer na boca. Tiraram parte dos dentes e do maxilar da sua face direita. Faço um sim compreensivo com a cabeça e resolvo encarar afetuosamente a tia, mas não posso evitar o frio repentino que me paralisa os lábios. Constança é um monstro. Ou melhor, uma mulher que foi parcialmente devorada por algo monstruoso. A cabeça horrenda, longa e fina, pende sobre um corpo delicado de garça invernal. O cone de luz corta-a na altura do peito, como se condenasse o corpo à vida e o pensamento às trevas.

O que é isso?, digo para o garfo – entrei num pesadelo alheio?

Como e bebo o que me servem, sem saber que gosto tem. Ao final do jantar, peço duas semanas para entregar o texto, me despeço das três. Constança, novamente de máscara, estende para mim a mão trêmula, que seguro sufocando a vergonha do medo que ela me inspira. Carlota coloca diante dos meus olhos o seu celular, não compreendo a foto que me mostra. Clara aperta as mãos sobre o peito:

– Era linda!

Foco a imagem no telefone. Vejo uma moça de beleza absurda, uns fios de cabelo dispersos no rosto, a forma esguia do corpo desenhada pelo vestido ao vento. Percebo que aquela é Constança aos vinte, vinte e poucos anos...

Me desembaraço-me das três contendo a pressa.

Desço as escadas meio tonto de tudo aquilo. No patamar entre dois lances, sou atingido pelo lampejo: a jovem Constança me assombrou mais do que a velha disforme. Foi como ver, pela janela de um trem que atravessa o deserto, a breve aparição de um golfinho, saltando sobre águas extintas. A sombra voraz de sua plenitude.

centopeia

À espera do metrô na estação de Campo Grande, em meio à massa tristonha, cubro com a mão um bocejo que me enche os olhos de lágrimas.

Foi um gesto automático. Não precisava ter erguido a mão, como todo mundo estou de máscara, ninguém veria minha bocarra aberta. E se não estivesse, um ou outro olharia para mim, mas não esboçaria nenhuma reação. Acho que alguém poderia até desmaiar de sono aqui, mesmo assim não despertaria grande interesse. O cansaço nos une e indiferencia; somos a centopeia que se esgueira pela trama de fossos da cidade, não nos deteríamos se perdêssemos uma simples pata.

O metrô se aproxima reverberando na estação um ruído estridente, ensurdecedor, mas permanecemos estáticos atrás da linha amarela que nos separa da volta para casa ou da morte nos trilhos. Não há, porém, nenhum suicida entre nós, não hoje: entramos todos como autômatos na composição iluminada, lotando os vagões. As portas se fecham em apática sincronia.

O metrô parte, mergulha na escuridão. Sentado em frente a duas garotas que digitam no celular com dedinhos velozes de máquina verbofágica, vejo refletida na janela uma entidade vingadora, vermelha e negra. Através dela, as paredes de concreto do fosso, por onde vamos em disparada insensível, e cabos, e pálidas luzes intermitentes.

— Próxima paragem, Alvalade, diz a gravação de uma voz feminina, cuja sensualidade contida pretende, a um tempo, manter a ordem e dar algum conforto aos corpos semiadormecidos sob a terra.

O senhor indiano de turbante e olhos de carneiro tosse. Agora sim há uma reação, as pessoas se voltam para ele. Terá só uma irritação na garganta ou será um emissário da peste?

– Meu filho joga na escolinha do Benfica, conta a brasileira meio gorducha para o rapazinho de cabelos raspados nas têmporas. – Eu sou cozinheira da escolinha.

O rapazinho olha para a mulher espantado, parece não entender porque ela falou com ele do nada. Acontece, penso, este menino ainda verá isso muitas vezes. Alguém, numa esquina da vida, de repente lhe dirá: Meu pai tocava piano, ou Trabalhei nesta loja em dois mil e treze. Faz parte da loucura e da poesia das grandes cidades, é como se uma ponta da trama oculta dos pensamentos saltasse para fora.

A entidade que vi refletida na janela é um jovem africano. Está ali, em pé, coberto por um conjunto de moletom vermelho, que vai dos tênis Nike muito brancos ao capuz que lhe esconde a cabeça. Usa máscara preta e óculos escuros. No pescoço, exposto sobre o casaco do moletom, o grande crucifixo ancora a corrente dourada. Sangue, treva, Cristo e ouro, de pés brancos, sugere a entidade que ele, ameaçado, ameaçador, evoca. As pessoas evitam olhá-lo. Talvez porque não saibam para onde *ele* olha.

Devagar, absorvido pela vaga figura de um adolescente de franja cortada em diagonal, adormeço. Quando acordo, a entidade vingadora sumiu. Também as duas meninas vebofágicas. O metrô arranca da estação de Arroios. Surge do vagão à frente um homem de muleta no braço direito. É jovem, tem barba rala; não parece sofrido, nem, na verdade, manco. Carrega na mão livre um papel plastificado, em que se vê a foto dele com um menino careca e uma frase: precisa de ajuda para o filho com câncer. A cozinheira lhe estende uma moeda, outros, como eu, apenas olham. É como se tanto fizesse ajudá-lo ou não, ser ele farsante ou não, isto aqui é um teatro sacolejante de sombras, que passa agora vertiginosamente rente a outra composição em sentido contrário, mas com destino idêntico, chegar e chegar ao lugar de partir para outro dia em que se espera chegar.

A voz veludosa enumera nomes:

– Próxima paragem, Rossio.

– Próxima paragem, Baixa Chiado.

– Próxima paragem, Cais Sodré.

Tenho que descer. Para deixar a multidão se espalhar, fico olhando o metrô da outra pista ir embora. A lacraia metálica, terra adentro. Cheguei a ver a figura do homenzinho que pilotava a composição, mas à distância era só um *playmobil*, embora alguém lhe vá dizer quando abrir a porta de casa "Pai!", "Trouxeste o pão?".

Enquanto subo as escadas para ganhar a margem do rio, lembro o metrô de São Paulo, que eu pegava para ir ao Terminal do Tietê. E o do Rio, a caminho da Glória. Tudo se comunica, nesse labirinto de sombras pelo ventre do planeta? Um dia haverá uma ligação subterrânea entre Xangai e Fortaleza, Reykjavik e Benguela? Nesse dia, vou pensando – mas esqueço a distopia.

O ar fresco do Tejo me invade. Sinto uma vontade básica de andar, sob esta lua quase cheia que reclama algum silêncio para as coisas mais vastas do céu.

feliz natal, meu amigo

21 de dezembro

Ergo o pano de prato que cobre a travessa. Respiro com prazer o cheiro agridoce do vinha-d'alho. A carne do coelho, de um rosa suave, já está tingida pelo vinho tinto, bem curtida pelo tempero. Já posso assá-la.

O telefone toca. Juliana me liga do Brasil. Ponho o aparelho no viva-voz e deixo-o sobre a pia. Acendendo o forno, pergunto como vão as coisas. Ela me diz que está tudo bem, mas anda irritada com "Dona Marlene". Pelo meu silêncio, percebe que não disse nenhuma novidade. Juliana está sempre irritada com sua mãe. Coloco a travessa no forno. Ela pede desculpas por bater na mesma tecla, mas as coisas pioraram, precisava falar com alguém. Agradeço por ter sido o escolhido, ela ri.

– É que agora, nessa época do Natal, a mãe fica insuportável. Você não imagina quantas vezes a criatura me liga todo santo dia, há mais de um mês! Só pra me falar sobre o que vai fazer na ceia, sobre dar esse presente ou aquele, sobre o cretino do meu irmão que vai passar o Natal de novo com a família da minha cunhada... Eu lá me importo se a gente vai comer pernil ou peru? Se é melhor dar um *scrapbook* ou um perfume de toranja pra minha sobrinha, que já tem tudo? E não é bom que meu irmão fique lá com a família da outra, em vez de vir azedar o Natal da gente? Ele sempre reclama de tudo, odeia a nossa família.

Fico sabendo que, na última semana, Marlene limpou a casa obsessivamente. Lavou cortinas, edredons, a capa dos sofás. Areou panelas; jogou revistas no lixo; deu roupas velhas para o porteiro. De joelhos ("Imagine!"), removeu com uma escova de dentes as sujeiras mais renitentes do box. Chamou um encanador para consertar um antigo e torturante vazamento na torneira da cozinha. O apartamento já estava tinindo quando soube que seu marido, o Ney, forte como um touro, havia contraído a covid-19. Ficou confusa. Devia lamentar a doença, mas estava era indignada com o fato de que seu esforço fora em vão, não haveria festa. Minha amiga se exalta, elétrica:

– Mas que festa? Eu ter que andar uma hora de carro pra buscar a tia e a vó? A mãe não parar quieta um segundo até a gente desembrulhar os presentes e ir pra mesa, elas brigarem por qualquer coisa besta enquanto a gente engole a porra do pernil ou do peru? E depois eu ter que levar as velhinhas embirradas de volta pra casa, sem ter bebido quase nada, porque vou dirigir?

Ela tosse. Procuro uma faca afiada.

– Confesso que me senti profundamente aliviada com essa história do Covid. Até porque o Ney já está vacinado, nem teve sintomas. Deus me perdoe, mas o vírus dele foi o melhor presente de Natal.

Descasco batatas, pensando em escrever um conto sobre o que ela me diz. A doença como dádiva. O perigo de contágio como bolha de proteção. Quem sabe o conto de um homem de meia-idade, isolado em seu quarto, feliz por se ver livre da vida que ele mesmo construiu. Temendo o retorno da saúde, da liberdade do corpo cego em que obedientemente se perdeu.

23 de dezembro

Na loja de brinquedos abarrotada de gente, finalmente consigo encontrar o tal Naruto Uchiha Sasuke. Só resta um, pego sem hesitar. Para um bonequinho de plástico de quinze centímetros, é caríssimo, mas vou decidido ao caixa, pago aliviado: era o último presente que faltava comprar.

O celular toca. Juliana. Digo-lhe que já ligo. Desço as escadas rolantes do shopping, um pouco nauseado pela imersão na matilha de consumidores febris.

Ando duas quadras, encontro um café com uma esplanada quase vazia. Peço café duplo e pastel de nata, me sento, instalo os *headphones* no celular. Ligo para minha velha amiga. Ela está abatida.

– O Ney me pediu pra falar comigo.

– Ele não devia ficar em isolamento?

– Falou pra gente se encontrar ao ar livre, numa pracinha perto daqui. De máscara, guardando distância e tal.

– Você vai?

– Já fui. Agora há pouco. Se não fosse ia morrer de curiosidade. Nesses quinze, dezesseis anos que ele está com a mãe só me chamou pra conversar umas duas ou três vezes.

– E o que é que ele queria.

– Disse que não aguenta mais o mau humor da Dona Marlene. Ela também testou positivo, não pode sair de casa. Ficou maluquinha da silva. O Ney estava de mala e cuia, vai passar o Natal no antigo apartamento dele.

– Sua mãe vai pular do prédio.

– Quem dera.

– Sério, você precisa fazer alguma coisa.

– Minha mãe nunca soube ficar sozinha, mas também não sabe ficar bem com os outros. Sinceramente, estou cansada... Por que nos obrigam a isso, Marcolino? Família, Natal? Essa felicidade imposta... É horrível!

26 de dezembro

Caminho à beira mar, na ponta de pedra do farol de Sesimbra. O vento frio arrasta nuvens turvas sobre as águas crespas. Aos gritos, as gaivotas parecem mais agitadas, mais selvagens. Um homem, em pé num barco minúsculo, enfrenta o mau tempo com essa obstinação milenar que desanima as Fúrias.

O Natal passou, sinto a nostalgia de algo que não houve. Não seríamos um só, de mãos dadas, em torno da chama serena do afeto comum? O sininho tibetano de uma mensagem me tira do devaneio. Com a mão gelada, pego o celular no bolso. É Juliana:

– O Ney voltou pra casa na noite de Natal. Minha mãe chorou muito, coitada. Hoje me mandou doze fotos do colarzinho que ele deu pra ela. Esqueci de dizer: apesar de tudo, Feliz Natal, meu amigo!

negacionismo sentimental

Meio da tarde. O barco está quase vazio. Poucos trabalhadores circulam nessa hora entre as margens do Tejo. Me sento bem à frente, diante das janelas da proa. Uma luz mortiça anestesia o espaço entre o rio e a massa de nuvens. A viagem não será bonita, mas não há problema: trago na mochila um romance que é puro oxigênio para a imaginação. E minhas novas meias térmicas, aliadas a este casaco de astronauta, me protegem confortavelmente do frio de inverno.

Apesar de haver lugares de sobra, a mulher se senta bem perto de mim, deixando apenas um assento entre nós. Não sei se lhe dou trinta ou quarenta anos; é magra, tem cabelos escorridos, de uma cor indecisa entre o loiro e o castanho. Entrelaça as pernas, balança impaciente os pés enfiados em botinhas pontudas. Abro meu livro, o barco se afasta do cais. Pelo canto do olho, sei que a mulher às vezes olha para mim, que cruza e descruza os braços, inquieta. Mas, aos poucos, esqueço-a, mergulho na história.

— O senhor tem um cigarro?

Olho surpreso para a minha companheira de viagem. Digo que tenho, mas não se pode fumar no barco. Ela sorri.

— É pra depois.

Pelo sotaque, sei que também é brasileira, provavelmente de Minas. Estendo-lhe o cigarro, ela fica com ele entre os dedos, bate-o na coxa. Volto à leitura, mas ela não se dá por vencida. Quer saber de que parte do Brasil eu sou. Informo que venho do Sul e não digo mais nada, um pouco irritado com as interrupções. Por que motivo, quando estamos lendo, as pessoas pensam que não estamos fazendo nada? Já passei por isso inúmeras vezes, em aviões, ônibus, salas de espera. É como se, em vez de um livro, eu tivesse tricô nas mãos.

A mulher me conta que veio de Goiânia. Eu resisto, não tiro os olhos das páginas, à espera de que a criatura compreenda que não tenho duas cabeças, uma para falar, outra para ler.

– A gente veio tem três anos, eu e o Jackson.

Fecho o livro, suspiro. Examino o cigarro meio amassado entre seus dedos ansiosos. Ela deslancha: Jackson e ela se casaram em Goiânia. Andavam assustados com a violência. Vieram para Portugal com a ideia de construir outra vida num lugar tranquilo. Ele foi trabalhar de motorista de táxi, ela conseguiu um emprego no telemarketing de uma empresa telefônica. Apalpo o livro, quase a lhe pedir socorro. Mas não tem jeito, já sei que os dois, depois de um tempo na casa de amigos, conseguiram alugar um apartamento "bem bonitinho, perto da estação". Com dois quartos, porque planejavam ter um filho. Sei que se esfalfaram como a maioria dos imigrantes, mas compraram até um belo sofá-cama, "pra quando a mãe do Jackson visitar a gente". Já conheciam Óbidos, Costa da Caparica, Sintra. Um dia ela foi com o marido levar um passageiro até o Porto. Juntaram dinheiro suficiente para mobiliar o quarto da criança que viria.

Nesse momento ela pôs o cigarro torto no nariz, cheirou-o com o olhar perdido no rio. Estava emocionada. Me disse que tinha certeza de que ia ser uma menina e, apesar dos protestos do Jackson, decorou o quarto todo em tons de rosa. Cortinas, berço, almofadinhas, tapete, móbile, quadrinhos. Imaginei a breguice, a loucura daquilo. Se nascesse um menino, segundo os modernos conceitos de gênero, não seria problema ele viver num quarto cor-de-rosa, exceto pela monomania de um mundo ideal, expressa em cor berrante. Menino ou menina, a pobre criança nem dormiria direito.

– Sabe, a gente era unha e carne, eu e o Jackson, ela diz, e só então percebo que algo deu errado. E que já estou interessado na história, ou seja, a realidade calou meu livro.

Minha companheira de viagem recorda que eles passeavam aos domingos, às vezes iam ao Monsanto, faziam piqueniques. Jackson gostava do empadão que ela fazia, "desses que não tem aqui, com frango bem picadinho". Falavam sempre com suas famílias por vídeo, o pai dela adorava o Jackson, ela também gosta muito da mãe dele. Guardo o livro na mochila, me viro ligeiramente para ela. "Aí veio o Natal", ela diz. Compraram um pinheirinho, luzes piscantes, bolas coloridas. Puseram os pacotes de presentes sob a árvore. Na tarde do dia 24, ela fez empadão, peru assado, salada. Jackson foi chamado para uma corrida no táxi, disse que já voltava. E nunca mais apareceu.

Lágrimas sobem aos seus olhos, mas ela sacode a cabeça, evita o drama. Minha curiosidade me impede de ser discreto:

– Nunca mais?

Ela faz um desolado não com a cabeça.

– Assim. Do nada. Foi embora e não voltou. Não levou nem as roupas.

Penso em dizer à moça entristecida que não foi do nada, o rapaz já vinha elaborando aquilo, claro. Não somos máquinas, nem para amar, nem para ir embora. Mas ela, no negacionismo sentimental de quem acredita numa vida plana, me mostra fotos no celular, *selfies* dos dois rindo, fazendo caretas, abraçados, sempre juntos e felizes. Unha e carne. Jackson, um rapaz fortinho de cabeça raspada, exibe quase sempre um riso largo de boneco e olhos esbugalhados de alegria.

– Não tem explicação... Nossa vida era perfeita.

O barco se aproxima do cais. Pergunto se ela não sabe onde ele está. Ela me diz que não, nem a mãe dele sabe. A menos que esteja mentindo. Deve estar, porque se não soubesse mesmo teria ficado preocupada e, no fundo, não pareceu ter ficado. Agora nem fala mais com ela.

Descemos a rampa do barco, atravessamos o deque em silêncio. Gostaria de saber se ela desfez o quartinho cor-de-rosa, o que pretende fazer da vida, se vai voltar para o Brasil. Talvez consolar a moça, dizer que outros homens surgirão em sua vida, ela esquecerá o Jackson. Mas a profissional do telemarketing se mantém firme na cordialidade para com as vozes hostis do outro lado da linha. Sorri para mim com desvelo, pergunta se tenho fogo. Acendo-lhe o cigarro e me despeço.

Da praça em frente à estação, vejo-a lá, parada, ligando para alguém. Talvez para o Jackson, que a essa altura já deve ter mudado de número.

ave migratória

O ônibus sai da rodoviária de Sete Rios deslizando insensivelmente pelas ruas quase vazias, como um sonâmbulo que sonha pálidos passageiros. Na madrugada grávida de luz, cruza Alvalade, Campo Grande, Olivais; entra na A1, rumo ao Norte, sem sobressaltos ou esforço aparente. O dia vai nascendo. A paisagem urbana emerge das sombras ao mesmo tempo em que rareia. Depois de Vila Franca de Xira, os campos se abrem; passam a se alternar com pequenas cidades ou vilas, entorpecidas pelo sono mais fundo da manhã de domingo.

Tiro da mochila o livro que estou lendo, mas não abro. Deixo no colo, como quem segura a maçaneta de uma porta por onde, se preciso, poderá se evadir. E insisto mais um pouco em buscar lá fora algo que me traga aquele antigo prazer de surpreender a alma doméstica com cheiro de brisa estrangeira.

Os passageiros se deixam levar em silêncio, uns olhando o celular, outros, a paisagem. As placas dizem Aveiras de Cima, Cartaxo, Santarém. Dizem que estou numa estrada jamais percorrida por mim. Mas não dizem, embora sua forma padronizada o sugira, que já trilhei tantos caminhos semelhantes (as mesmas cidades, os mesmos carros e comércios, as mesmas ruas fervilhantes de vaidade efêmera) que perdi a capacidade de me perder. Com ela, o maravilhosamente ingênuo dom do espanto. De tal forma que agora, quando o ônibus entra em Fátima para fazer uma parada, me lembro do mito cristão que envolve o lugar. Mas em vez de verificar se não passamos pelo famoso Santuário, procuro meus cigarros nos bolsos do casaco, na mochila. Mais do que um lugar sagrado, preciso urgente de um canto isolado para fumar em paz.

A segunda parte da viagem nos levará diretamente a Viseu, me explica o motorista careca no sotaque mais aberto do Norte. Subo as escadinhas, me instalo na poltrona. Abro o livro e, antes mesmo de partirmos, entro no mundo das mulheres quebradiças de Alice Munro. Conto a conto, vou vendo seus pedacinhos se espalharem em desventuras com filhos distantes, homens fugidios, pais indiferentes. Vou assistindo, mudo de interesse, elas se desventrarem, em busca de algo que não encontram em sua própria carne prisioneira. Os saltos temporais abrem perspectivas delicadas: a jovem subitamente se torna velha, e então as duas, jovem e velha, parecem se olhar como estranhas que tiveram uma vida comum. A prosa simples destila percepções agudas, inusitadas. "A maré vazante deixa a descoberto uma longa e deserta faixa de areia ainda úmida, por onde se pode caminhar tão facilmente como sobre cimento na sua última fase de secagem." Me sinto levado a olhar a vida por uma inteligência tão sutil quanto generosa, que à parte me diz: "Você está vendo? Você está vendo o avesso disso?". Não sei dizer o que é exatamente este avesso, mas sim, eu vejo. Está ali, sob a trama de amor feroz, amizade corrosiva, egoísmo e busca desesperada do outro. É como a luz de uma estrela extinta, a aura luminosa de um furor que se consumiu. Fecho o livro e sinto ter nas mãos os desvelos de uma atenção profundamente humana.

Quantas vezes, pensó (o ônibus entra na periferia de Viseu), quantas vezes um livro me serviu de espaçonave. Algo pra ver a humanidade cada vez mais de longe, sua tragédia sublimada por um invento que lhe escapa.

Caminho pelas ruazinhas de Viseu, aliviado. A reunião de trabalho que me trouxe aqui foi bem-sucedida. Depois, almocei tranquilo com duas pessoas calmas e gentis. Já estou livre para conhecer a cidade, tenho algum tempo antes de partir novamente.

Sigo sem destino pelas vielas. As casas graves e belas ecoam ainda o trote de cavalos ancestrais. Ao dobrar uma esquina, me deparo com um grupo de jovens sentado num café, rindo ao sol. Um deles fica em pé, abre os braços e volta o rosto para o céu, como se acabasse de ganhar um prêmio. Desvio o olhar e vejo os fundos da Catedral, plantado sobre pedras que brotam da rua como gigantescas tartarugas. Quase no mesmo instante, descubro diante da muralha uma velhinha que olha os jovens com viciosa curiosidade. A gárgula fixa aquela juventude esfuziante como se a quisesse transformar também em pedra. Mas esbarra na cornucópia da vida, de onde brota neste preciso momento o pombo azulado, cujo voo rasante parece deixar, na porta da velha loja de artigos de funilaria, um simpático homenzinho de avental. Sua aparição, como por encanto, quebra o verniz do mundo conhecido. Contra todas as minhas expectativas, respiro fundo o divino perfume de terra estrangeira.

aquarela

São três aquarelas pequenas, enquadradas em molduras de um cinza discreto. Mostram vendedores ambulantes numa praia do sul de Santa Catarina. Um deles, visto de costas, tem os braços abertos como um cristo tropical, mas em vez de cruz suporta uma vara carregada de cangas. Outro, de perfil, usando um chapéu com Bob Marleys estampados na aba larga, ajeita queijo coalho na lata que leva suspensa por uma longa alça de arame. E o terceiro é um homenzinho semiescondido pelo amontoado de redes que carrega no ombro; uma pilha de chapéus de praia é sustentada por um braço que não se vê. As imagens são de um colorido intenso, meio esbatido pelo excesso de luz. Mostram apenas os homens com as mercadorias e sua sombra mínima sob o sol a pino. O resto é areia, sugerida pelo branco do papel. Ou é apenas branco, e eles caminham pelo espaço indefinido, livres do chão, da representação do real que meu olho quer colocar sob seus pés. Eu também poderia imaginar que vendem suas coisas nas nuvens, oferecendo cangas e redes ao vento, mas isso já seria a imagem contaminada pelo lirismo da saudade que o amigo deixou.

Quando decidi ir embora do Brasil, trouxe as aquarelas para Portugal. Estão na parede do corredor, abaixo de três andorinhas negras de porcelana, tipicamente lusitanas. Sempre que saio do meu quarto, a primeira coisa que vejo é essa fusão de duas épocas da minha vida. Gosto de pensar que uma surge da outra, como se as andorinhas partissem da praia longínqua, inalcançável no tempo e no espaço. Como se o voo dessas aves elétricas sacudisse as tintas da memória e, ao mesmo tempo, fizesse um dos vendedores, o das redes, olhar para cima, para o misterioso ruflar do futuro.

Embora nossa amizade tenha se estendido por trinta anos, no dia em que meu amigo pintou estas cenas eu não estava lá. Mas posso dizer aproximadamente como foi. Se por acaso errar nos fatos, dificilmente erro na essência.

Ele está sentado numa velha cadeira de praia. Tem as pernas unidas; sobre elas, uma prancheta revestida de couro, na qual deitou com cuidado o papel de fibra de algodão. O estojo de tintas, sobre um banquinho, provoca vertigens que ele refreia. Chegam-lhe as vozes distantes das pessoas dispersas na larga faixa de areia, vozes que surgem e somem no limbo de sua consciência. Ele dá as primeiras pinceladas, hesitante. Em torno delas cresce o devir da imagem, ele solta os ombros, bebe um gole de cerveja. Agora as pinceladas fluem, já parecem copiar o desenho que a imaginação prefigura.

Sua mulher está ali perto, deitada embaixo de um guarda-sol, um pouco embriagada. Conversa com uma amiga. Quando fala, muda bruscamente de posição, apoia-se em outro cotovelo, senta-se. As duas falam de alguém num tom elogioso que, aqui e ali, destila algum veneno. Às vezes comentam a beleza de uma gaivota, de um barco que cruza o horizonte, o peixe que salta. Às vezes, na ponta dos pés, vão espiar o trabalho do artista. Nesses momentos meu amigo tenta rir, contrafeito. Precisa resolver sozinho todas as dúvidas que a pintura suscita. Intuir em silêncio os contornos e cores que a composição sugere ou exige, alimentar-se dos acertos. Além disso, há muitas ameaças, a dispersão pode ser fatal. O papel, por exemplo, tem sede, absorve imediatamente as pinceladas. E o pincel é uma adaga: separa tudo que poderia ser do que passa a ser.

Meu amigo se levanta, caminha até a praia. Ajeita o chapéu de pescador. Cisca na areia com o dedão do pé. Põe as mãos na cintura, olha o verde vítreo do mar; pensa talvez que não fará nenhuma marinha, todos fazem marinhas. É atravessado pela angústia habitual, o que estou fazendo é bom, relevante, belo sem ser tolo? Sacode a cabeça como quem se liberta de um mosquito, volta para a cadeira. As duas mulheres saíram para caminhar, lembra-se vagamente de o terem avisado. Estão longe, na curva da praia. Ele pensa em fazer uma aquarela com elas, trêmulas figuras femininas a se afastar sobre ondas de calor. Mas não, não quer se dispersar, melhor se concentrar nos ambulantes.

Volta para a cadeira, pega o pincel e, por um momento, pensa em desistir. Porém o braço (mais do que ele) mergulha o pincel na tinta.

O trabalho progride. Das mãos de meu amigo – aquelas que sete anos depois verei sem vida no sofá de sua casa, como dois remos abandonados na praia derradeira –, de suas mãos longas e morenas nascem as figuras ambulantes.

Não sabem que andarão ao meu encontro para despertar andorinhas e lembranças à beira do Tejo.

– Quero fazer uma série, só vendedor ambulante. Não só na praia, na cidade também. E nas estradas, me disse meses depois daquele dia na praia.

Não fez. Restaram apenas essas três aquarelas, as outras se evolaram com ele. Mas eu gosto de vê-las como um pensamento inacabado, inacabável. Os três pontos das reticências de sua história. Porque eu não vejo o corte arbitrário e impotente de um ponto final na vida do meu amigo. Ela transborda qualquer fim. Derrama-se deste que faço agora.

o anjo da incerteza

Ontem pela manhã o telefone começou a tocar. Pessoas próximas me desejavam um feliz aniversário: os filhos, a mãe, alguns amigos, o irmão. Eu agradecia, satisfeito por terem se lembrado de mim. Uns ligavam do Brasil, outros daqui de Portugal, mas era como se estivessem todos por perto. O calor do seu afeto ia aquecendo o fundo frio que acompanha meus pensamentos nestas datas. Graças a eles e à companheira, que me dedicou uma atenção carinhosa ao longo do dia, passei razoavelmente bem pelo ligeiro incômodo que os aniversários me causam. Pensar que os outros podem me esquecer ou que falam comigo por mero protocolo me deixa contrafeito ou desoladamente efusivo.

Quando fui me deitar, à noite, respirei fundo: estava livre do "meu dia", da terrível convenção segundo a qual aquela data reserva algo de especial para mim. Já podia voltar ao tempo verdadeiro, ao tempo anônimo de toda gente. Adormecer com a cabeça confortavelmente acomodada em minha ineludível insignificância.

Hoje é domingo. Escrevo diante desta janela bem no alto do prédio, de onde vejo a cidade ainda meio adormecida, sob o azul esbranquiçado onde às vezes some uma gaivota. Procuro responder à pergunta que meu filho mais velho me fez ontem. "Como você se sente?", disse ele, num tom ambíguo que hesitava entre me provocar e não querer a resposta. Na hora falei algo banal, "vou bem", "vou levando", não lembro ao certo. Na verdade fui pego de surpresa. Mas a pergunta dormiu ao meu lado, levantou-se da cama comigo hoje, ficou me rondando como um cão à espera de atenção.

"Como você se sente?"

Depois de conhecê-la por cinquenta e oito anos, não vejo grandes motivos para festejar a vida. O que houve de melhor foram respingos de alegria, fumos de prazer numa senda de monótonas inquietações. O patético disso é que também não chego a deplorar a existência, pelo menos nunca a ponto de querer abandoná-la. De tal maneira que me arrasto aos pés do que quase sempre me faz sofrer, como um amante maltratado e servil. E a sabedoria que se supõe colher desta experiência excruciante não vai além de algumas técnicas para diminuir a humilhação, como fingir indiferença ao futuro (*carpe diem!*) ou buscar na arte o sopro divino que me nega o carrasco.

Essas considerações poderiam levar você a me supor um homem triste, meu filho. Ou ultrajado pela sua condição, no fundo fraco. E você estaria certo, mas também errado. Porque ao mesmo tempo sou (absurdamente) forte, como o protagonista de O Castelo, aquele agrimensor que não desiste de buscar o alto, apesar dos labirintos insolúveis que lhe oferecem os poderes terrenos. Então você também poderia, claro, me perguntar o que é o "alto", mas tal qual o agrimensor jamais chegarei lá, não sei nem nunca saberei o que seja. Simplesmente sou impulsionado pela força cega da vida, o eros que pode conceber e pode matar, jamais deter-se. (Toda a civilização oscila entre estes dois extremos, de criação e destruição, e senta-se diante do prato de sopa como um pássaro exilado do céu.) O alto é talvez apenas o contrário do baixo, do reles, do chão, daquilo a que estamos condenados. Às vezes acredito que é também uma lembrança, a nostalgia de uma completude perdida. O que há em nós de obscuramente divino, se você quiser. Mas outras vezes acho que é apenas nosso corpo com uma saudade oceânica da matéria inanimada, liberta de existir. Não sei; por mais que lhe digam o contrário, ninguém realmente sabe. *Não saber* parece ser o combustível indispensável para que a roda do mundo gire.

E aqui, talvez, eu consiga dizer algo que pode ser útil neste espetáculo a que somos lançados nus, sem saber o texto, enxergar a plateia ou conhecer o diretor. Digo a você que fuja dos que sabem, dos que professam certezas, dos que "conhecem o caminho". Tudo que eles querem é escravizar o elenco, amealhar para si a bilheteria e os aplausos. Não lhe trarão nada que sequer se aproxime de amor ou afeto, porque estão comprometidos com a mentira até os ossos.

Você pode achar esquisito, mas o que sinto agora é ternura e respeito pelos confusos, pelos hesitantes, pelos tímidos, perdidos, céticos, por todos aqueles que caminham sobre a mais profunda ignorância, sem impor seu exemplo a ninguém. Os que não querem dominar os outros porque não transformam em matéria de ressentimento ou menosprezo a sua própria insuficiência e, pelo contrário, olham com fraterna largueza para a nossa pequenez.

Para estes abro minha porta, com eles compartilho água, comida, calor. Sei que não irão me devorar nem exigir de mim um predador nauseado.

Mas evito os que "sabem", os que se arrogam os poderes do céu e da terra, os que escravizam os outros com verdades que não passam de ilusionismo tirânico, destilado por uma vaidade rasa, violenta, estúpida. Evito os pastores como uma ovelha que sabe que vai ser abatida pelo seu zelo.

O que sinto hoje, meu filho, é essa paz relativa que só a derrota pôde me dar. E a presença protetora de um anjo cabisbaixo, esquivo. Poderia chamá-lo de anjo da nossa incerteza.

boi desgarrado

Já anoitecia quando descemos do ônibus no trevo de Garuva. Pegamos nossas mochilas e fomos à estrada pedir carona para a praia. Estávamos com pressa porque logo ficaria escuro, os carros não parariam mais. Acendemos nossos cigarros e nos entreolhamos à margem do asfalto sombrio. Sua bata indiana, seus cabelos fartos e bem cuidados de *hippie* universitária esvoaçavam a cada caminhão que passava, dando a impressão de que ela, tão magra, sairia voando.

Era 1982, nos tempos finais da ditadura miliar. Poucas cenas permanecem tão vivas em minha memória. Não há nenhum motivo especial para isso, outras coisas que ocorreram naquela época conturbada deveriam ter me marcado muito mais. Mas há momentos assim, destacam-se, sem causa aparente, da sucessão obscura dos anos. A cabeça de uma tartaruga que surge na superfície de um lago. Fica-se com o estranhamento de sua aparição. E o mistério do corpo submerso.

Ela era uma atriz com quem eu havia contracenado num psicodélico Édipo Rei, em que Édipo furava os olhos ao som de O Superman, de Laurie Anderson. Depois da última apresentação da temporada, nos beijamos num bar ao lado do Teatro Guaíra. Achei sua língua um pouco frouxa demais, mas me deixei seduzir pela elegância do rosto anguloso. Fomos para o meu quarto de pensão, a duas quadras do teatro. E no dia seguinte combinamos a viagem.

Ali no trevo, não demorou muito para que uma picape parasse e nos desse carona.

– Vocês têm que se ajeitar aí, disse o motorista, apontando para a carroceria com o polegar.

O homem estava carregando uma máquina grande embrulhada em lona. Sobrava um pequeno espaço na traseira, onde nos ajeitamos sorrindo, satisfeitos com a pequena aventura.

Rodamos um tempo pelo asfalto, depois entramos na interminável estradinha de terra que levava a Itapoá. A céu aberto, sentados no piso duro da carroceria, tínhamos que nos segurar com força nas laterais para não sair voando a cada solavanco. Começou a fazer frio. Vestimos nossos casacos. Tirei uma garrafinha de cachaça da mochila e bebemos, cuidando para não machucar os dentes. A estrada fugia atrás do carro, vagamente iluminada pelas lanternas vermelhas, e sumia como o rastro de um navio noturno. Por entre as árvores negras que passavam voando nos dois lados do caminho, o céu era uma barra límpida de gelo azul constelado de borbulhas cristalinas. Quando subimos um morro alto, vimos a lua.

– Tão bonita que magoa, ela disse.

Cansada do desconforto, deitou-se como pôde, ajeitando a cabeça no meu colo. Beijei-a, devagar. Enfiei a mão sob a bata, apertei de leve os seios livres. Brinquei com os mamilos, que já estavam duros de frio. Desci os dedos como esquiadores pela encosta do ventre até chegar ao fundo do vale. Seus olhos se fecharam numa aflição magnífica. Ela se contorceu, enfiou o rosto em minha barriga e soprou um grito abafado.

Fiquei um tempo observando a garota. Deixava-se sacudir pelo carro, semiadormecida. Eu não conhecia sua família, sua casa, mal sabia o que pensava sobre a vida. Nossos corpos se tocavam na perfeita ignorância do passado, confiantes no interesse comum pelo teatro, por Sófocles, Artaud, pela urgência de um grito. A juventude doía, era bom estarmos juntos ao vento, naquela noite aberta de um país encolhido pela violência.

O cano do escapamento roncava abaixo de nós. Alguns carros passavam em sentido contrário, iluminando brevemente o túnel de árvores. Me lembrei de que ela havia dito que precisava driblar seu pai para poder viajar. Perguntei o que havia dito a ele.

– Que fui pra casa da Joana. Sempre vou pra casa da Joana.

– E se eles ligarem pra ela?

– Ela diz que eu fui dar uma volta. Depois me avisa e eu ligo pra eles.

– Mas como vai te avisar nesse fim de mundo?

Ela sorriu.

– Não faço a mínima ideia.

As árvores rarearam, sumiram. Atravessávamos uma fazenda de gado. O cheiro de pasto e bosta se misturava ao aroma suavemente ácido da saliva da garota, de cuja boca me servia a intervalos regulares.

– Me disseram que você foi preso pelo DOPS, ela disse de repente.

Fiz um sim hesitante com a cabeça, temendo o que viria a seguir.

– Eles te maltrataram?

– Um pouco. Já não colocam mais as pessoas no pau de arara.

– Você acha que a ditadura vai acabar? Ou é o país que vai acabar.

Pensei na minha família, sentada diante da tevê para engolir sua ração diária de mentiras oficiais. Na massa de pessoas "humildes e trabalhadoras" que se deixava levar para o abismo entoando hinos patrióticos, negociando a atenção de Deus. Seria possível despertar tanta gente daquele transe induzido, daquele sonambulismo fatal? Até que ponto ficaríamos agarrados ao lombo da morte, como crias da morte?

A picape parou. Havia um boi desgarrado no meio da estrada. Os faróis isolavam na noite seu corpo de mármore, a coroa dos chifres erguendo-se alta acima dos olhos inflexíveis. Um filete de sangue cruzava o seu peito largo.

Quando chegamos em frente ao mar, dei uns tapinhas no teto da cabine. O motorista freou, saltamos da carroceria e agradecemos pela carona.

– Tomem cuidado, meninos!, disse ele.

Arrancou, e só então vimos o adesivo colado na basculante traseira:

AME-O OU DEIXE-O.

Ela me disse qualquer coisa irônica sobre o paternalismo dos imbecis. Depois me pegou pelas mãos, me arrastou para a praia. Ao clarão da lua, a imensa massa de água rugia à nossa frente. Tiramos os sapatos. Afundando os pés na areia, bebemos mais um gole de cachaça. Ela me contou que estava se preparando para fazer Antígona, com outro grupo de teatro. Mordiscou minha orelha, passou a mão em minha bunda e caminhou em direção ao mar. Com os braços abertos, declamou para o espectro branco das ondas:

"Por isso, prever o destino que me espera
é uma dor sem importância. Se tivesse
de consentir em que ao cadáver de um dos filhos
de minha mãe fosse negada a sepultura,
então eu sofreria, mas não sofro agora.
Se te pareço hoje insensata por agir
dessa maneira, é como se eu fosse acusada
de insensatez pelo maior dos insensatos."

E atirou-se de roupa no mar, deixando no ar um grito agudo que atravessaria os anos.

a gaveta secreta

Na esplanada do café, L. olha para as migalhas do bolo que acaba de comer. Parece encontrar entre elas a semente de um pensamento. Acende um cigarro. Então me conta que, ao sair do enterro da mãe, disse ao marido que gostaria de ir à Feira da Ladra. A princípio ele não entendeu. L. repetiu e o homem ficou indignado. Não fazia sentido enterrar a mãe e ir à feira, como se nada houvesse acontecido. Intimidada, L. não insistiu. Foram para casa, como deviam fazer (palavras do marido) "as pessoas normais numa situação dessas".

— O que são pessoas normais?, diz L., dobrando com a ajuda das unhas um saquinho vazio de açúcar até reduzi-lo a um ponto.

Fico calado. O melhor que posso fazer agora é ouvi-la com atenção. A mãe dela morreu há duas semanas, sei como as coisas ficam confusas por um tempo. Há quem chore diante da absurda desaparição de uma pessoa próxima, há quem não chore; uns parecem indiferentes, outros se apegam a Deus. O luto de cada um é um pó em suspensão, com tempo específico para repousar no fundo da consciência.

— A liberdade é uma ideia, digo. Só uma ideia.

Quero abrir caminho para que L. tire alguma conclusão do comentário que fez, mas ela muda de assunto. Quando a garota do balcão deixa sobre a mesa uma nova rodada de café, volta ao tema de forma indireta.

— Algumas emoções é melhor guardar numa gaveta secreta.

Tratando-se do assunto em questão, posso imaginar o que ela esconde na tal gaveta. A morte da mãe deve tê-la libertado de uma enorme opressão. Várias vezes me falou de seu egoísmo, de sua personalidade sarcástica, voraz. A julgar pelos relatos esparsos que me fez ao longo dos anos, no jardim em que aquela senhora reinava, o marido e a filha não passavam de cogumelos à sombra. Roubava o valor e a segurança deles para que dependessem dela. E quando surgia uma oportunidade, censurava os dois por isso. L. às vezes imita a mãe fazendo uma boca de asco: "Estou cercada de parvos".

Agora me parece até natural que quisesse ir à Feira da Ladra depois do enterro. Me entusiasmo com o pensamento e passo do ponto:

– O que você queria comprar na feira?

– Qual feira?

Antes que eu responda, percebe minha intenção mórbida de investigar sua reação naquele dia. Lança sobre mim um olhar desconfiado, com um ponta de censura.

– Nada específico. Queria só respirar um pouco.

Pagamos a conta e descemos a rua até a porta do seu escritório. Quando estou indo embora, ela diz:

– Se calhar ia comprar um gorro. Acho-os giros, mas sempre achei que não me ficavam bem.

Entro numa livraria, mas me limito a andar entre as estantes. Fico imaginando o que a mãe terá dito a L. sobre usar gorros. Penso na gaveta secreta, na sua pergunta sobre pessoas normais. Tento avaliar quantas coisas eu também escondo em algum lugar escuro de mim, coisas que envenenam a existência. O que fazer? Há um jogo cruel, com regras definidas. Só participa dele quem fizer de si um avatar sorridente, quem não revelar mais do que a superfície dos pensamentos, a parte banal, sociável. E está fora do jogo quem se declarar fraco, pobre, sujo, infame. Mesmo esmagado, é preciso parecer um vencedor. "Nunca conheci quem tivesse levado porrada", escreveu Álvaro de Campos.

Em casa, resolvo escrever um e-mail para L.

"Você me perguntou o que são pessoas normais. Sua pergunta, é claro, estava cheia de ressentimentos, e não é difícil compreender isso. Quantas vezes a normalidade é insuportável, num único dia? A gente veste roupas e conceitos convenientes e vai para a rua fazer escambo de aparências. Não há outro jeito: a vontade de gritar com os idiotas, estrangular os egoístas, cuspir na cara dos autoritários só reforçaria a idiotice, o egoísmo e a tirania. Um dos pilares da civilização não é a hipocrisia? A questão é até que ponto a gente quer ser subjugado por ela. Tem uns que transformam os desejos sufocados em transgressões, escuras ou luminosas. Tem outros que vedam a casa e abrem o gás. Mas a maioria de nós toma até o fim doses diárias de futuro, que é quando seremos felizes.

Acho que a normalidade é o medo de nós mesmos, do que poderíamos fazer fora da gaiola social. Me pergunto se precisamos de medo como precisamos de cuecas."

Poucas horas depois ela me escreve:

"Depois de ires embora fui lá comprar o gorro. Acho que não fico a parecer uma coitadinha, ou sem abrigo, como sempre me disseram. Depois dei um passeio à beira rio, fazia um vento frio então pareceu-me mais lógico usar o gorro.
Chorei de raiva."

Pergunto a ela se posso usar suas palavras numa crônica que vou escrever.

"Sim, podes, desde que não apareça o meu nome, trabalho, algo que me identifique. Cuidado como o contas, que não fique a parecer que sou meio lunática. Escreve de forma a que eu pareça o mais normal possível.
Beijos."

a chave do outro

O comboio parte da Gare do Oriente. Serpenteia pelos trilhos, num suave sacolejo através da garoa fina. Aos poucos, ganha velocidade. A paisagem corre cada vez mais rápido diante desta câmera que sou, em *travelling* contínuo. O muro cheio de grafites, o poste, a velha que luta para abrir o guarda-chuva, o carro, o viaduto, o ciclista encapuzado, outro poste... as imagens se sucedem despertando pensamentos frouxos, que voam com elas. Fecho o zíper do casaco até o queixo, cruzo as pernas, como se me arrumasse para a chegada de mim mesmo. Em todo o vagão só há um senhor mais à frente, olhando o celular. Só um senhor, porque eu não conto: me sinto o vagão por onde anda um vagão com um senhor dentro; o ambiente mental e sensitivo em que a realidade projeta seu filme volátil.

É sábado, meio da tarde, mas o tempo está submerso na memória do tempo. A garoa cai no passado que surge. A torre, a loja de tintas, a luz baça de um pisca-pisca, deixo-me levar entre coisas que são ecos de coisas. Quando chegar a Sintra, recordarei estar chegando a Sintra. Eu mesmo uma lembrança do homem que lembra.

O senhor do celular anda pelo vagão, procura alguma coisa. Seus olhos passam por mim como a lanterna de um vigia, sem deter-se. Um pouco aflito, ele olha embaixo dos assentos. Quando fica de cócoras para ver melhor, o surrado sobretudo negro toca o chão, e sua figura lembra um corvo, uma criatura selvagem que impõe o momento presente.

Tento imaginar o que ele perdeu. Talvez seja o celular, mas é improvável, não largava o aparelho. Talvez seja a carteira, ou o envelope que tinha sobre as pernas. Não tinha um envelope sobre as pernas? Um envelope, um livro fino, algo assim.

O comboio vai parando nas estações, Benfica, Santa Cruz, Reboleira. O sujeito não desiste da busca, vai e volta pelo vagão, senta-se, torna a procurar. Como não troca nenhuma palavra comigo nem sequer me dirige o olhar, fico no meu canto. Quem sabe eu tenha feito uma simbiose com o vagão, a qualquer momento o vigia virá com a lanterna vasculhar meus bolsos, minha boca, tirar meu casaco, olhar dentro dos meus sapatos.

O celular ele não perdeu, está ligando para alguém. Não consigo ouvir o que diz. A mão livre espalmada para cima me faz supor que as coisas não vão bem. Tenho vontade de ajudá-lo, mas receio que não goste disso. A ajuda de um estranho muitas vezes é interpretada como impertinência.

Em Queluz, para diante de mim. Me encara como se fôssemos dois vizinhos numa cerca, num tom amigável.

– O senhor não viu por aí umas chaves?

Respondo que não. Ele faz a mesma pergunta a uma senhora de *tailleur* verde-claro, de balconista de loja, que está logo atrás de mim (quando entrou no vagão?). Ela também não viu nada.

– Perdi as chaves de casa, diz ele, passando a mão pelos cabelos.

A mulher faz uma cara infantil de desamparo, abraça a bolsinha que tem no colo.

Um jovem africano embarca em Massamá-Barcarena. Usa óculos de aro redondo, um gorro vermelho. Fica em pé perto da porta, olhando o celular, sem acusar nossa presença. Não se distrai nem mesmo quando o senhor examina o chão em torno dele.

Já não chove, a luz leitosa que atravessa as nuvens reluz nos prédios molhados à beira do caminho. O sujeito desistiu da busca, voltou ao seu lugar. Eu devia me levantar e dizer aos outros que temos de procurar juntos as chaves dele. Que precisamos buscar as chaves dos outros como se fossem nossas, porque *são* nossas, cada pessoa que abre a porta de casa nos liberta do desalento da espécie. Saberia dizê-lo, domino palavras grandiosas, solidariedade, bem comum, fraternidade, mas deixo a flor do humanismo murchar em minha boca.

O comboio para em Agualva-Cacém. Enche de gente. O tempo melhorou, parece que as pessoas se animaram a passear em Sintra.

O que vou fazer em Sintra? Quero dizer, sei o que vou fazer lá, uma palestra sobre literatura. Mas não sei por que motivo farei isso. Um escritor atrás de uma mesa, como um professor, falando para uma plateia muda. Puro estímulo ao exercício narcísico. Não é mais disso que precisamos, definitivamente. É só o que há, exercício narcísico, já não nos damos ao trabalho de procurar a chave do outro.

A balconista passa por mim, contornando as pessoas que entopem o corredor. Penso que irá desembarcar, mas vai até o senhor do celular. Consigo vê-la conversando com ele. Diz algo que faz o homem sorrir. Ele hesita um pouco, cabisbaixo, então se levanta e acompanha a mulher até a porta. Ficam em Algueirão. O que ela disse que o tirou de seu transe solitário? Onde vão agora, descendo juntos as escadas da estação? Eles nem se conhecem...

O homem perdeu as chaves; eu, o fio da ameada. Mas estamos sempre perdendo alguma coisa, chaves, amores, documentos. O nexo da história. A matéria de que é feita a vida nos escapa, se esvai pelos desvãos da memória. No entanto, se não a perdêssemos, que lugar haveria para o novo?

Chegamos a Sintra.

Quando desembarco, sou a multidão pelas ruazinhas do nosso destino comum.

atrás do cão

Resolvi dar uma volta para ver se encontrava na rua a palavra que me faltava em certo texto. Há horas eu a procurava em vão. Mas isso acontece, a palavra às vezes escapa pela janela e vai pousar no ramo de uma árvore, na cabeça de uma estátua, num banco de praça. Não é incomum que eu a encontre nos lugares mais imprevistos, como o banheiro de uma lanchonete ou entre os entulhos de um terreno baldio. O importante, para achá-la, é andar por aí distraído. A palavra arisca só surge diante de mim quando esqueci de procurá-la.

Na esquina de casa, vi um cão velho se arrastando por entre as pessoas no posto de gasolina. Percebia-se logo que não era animal de estufa, desses que a gente vê por aí perdido do dono. Era vira-lata legítimo, com *pedigree* conquistado nos becos, como quase não se vê mais. Manco, pachorrento, andava à toa em busca de migalhas, ao mesmo tempo desconfiado e esperançoso. Uma de suas orelhas estava rasgada, o rabo era um cotoco. Os pelos, que provavelmente haviam sido negros, estavam foscos de sujeira e velhice. Cicatrizes inscreviam no seu corpo a trama de uma história dolorida, feita de pedradas, pauladas, atropelamentos.

Decidi seguir de longe o distinto. Quem sabe aquele ser à deriva, acostumado a caminhos menos ortodoxos, me levasse às camadas mais fundas onde se esconde a fala impressentida.

O bichano desceu a rua devagar, sentou-se diante da porta de vidro do supermercado. As pessoas passavam por ele, indiferentes, até que uma menina acariciou sua cabeça. A mãe puxou-a pela mão, enojada, gritou com ela. Depois de um tempo, percebendo que dali não viria comida (não para ele), arrastou-se em direção ao Tejo. Mostrou toda sua experiência quando atravessou a avenida em frente ao rio, aguardando o momento em que não viesse carro. Então seguiu pela margem, naquele passinho de ancião meio quebrado. Chegamos à estação de barcos. Enquanto a multidão saía e entrava pelas catracas, ele se sentou novamente. Alguém lhe jogou um salgadinho de pacote, alguém o obrigou a mover-se de lado. Acostumado à fome e ao desdém, o cão não se inquietava. O máximo que fazia era acompanhar com os olhos alguém que talvez se apiedasse dele, como mendigo treinado em capturar afetos.

Na lanchonete da estação, comprei um sanduíche de presunto. Deixei diante do cão. Com calma, ele catou o pão e percorreu o sombrio corredor que leva às ruínas da antiga estação de comboios do Barreiro. Quando chegou à gare destelhada, comeu tranquilo. Depois, num movimento de que eu o supunha incapaz, saltou da plataforma para os trilhos. Doeu-lhe um pouco a pata manca, mas ele logo se recuperou. De dormente em dormente, avançou então pela linha abandonada, cabisbaixo como um cavalo que arrasta cargas na memória.

Fiquei ali suspenso, perdido no cruzamento dos tempos, vendo o cão fundir-se à paisagem desértica. De onde você veio?, pensei. Das névoas da história? Não há mais cães de rua, hoje só existem *pets*. Me diga a verdade: você veio aqui farejar o futuro? Sacudir diante do meu nariz a cauda amputada do passado?

Me sentei na plataforma, olhei o céu através das lacunas do telhado. Não, o cão não havia trazido o que eu procurava, mas... Tive um estalo: sim, *ele tinha vindo me buscar!* Queria me conduzir a algum lugar vago, remoto. Qual? Segui-o por mim adentro. Acompanhando os trilhos enferrujados, atravessei décadas no encalço do cão. De repente, num agradável deslumbre, percebi onde ele queria me levar: era o Capão Raso, na periferia da Curitiba gélida dos anos setenta. Eu tinha oito, nove anos. Passava as manhãs na escola (mas disso quase não lembro, só me ficaram os conflitos e os deveres, aquela simulação precoce da vida adulta). O que importava eram as tardes, o cão queria que eu revivesse a vadiagem das tardes...

Eram tardes altas, imensas. Logo depois do almoço, eu pegava minha bicicleta. Saía sem destino por ruas cada vez mais distantes de casa, me afastando, um pouco apreensivo, do ninho de cuidados e intrigas da família. O mundo se expandia casa a casa, quadra a quadra, em toda parte surgiam ameaças e espantos, um louco, um carro incendiado, faíscas negras de andorinhas, a cerca de tábuas que escondia coloridos jogadores de futebol, o possível tarado anunciado por minha mãe, a bela garota de vestido branco atrás das grades do jardim, o enorme caminhão cujo motorista me causava inveja e assombro, pipas no céu controladas por meninos invisíveis, operários brutalizados pelo trabalho a caminho das madeireiras, bandos de garotos abrutalhados com pedras nas mãos, cheiro de mato, gasolina, carniça, madeira queimada por serras circulares, jasmim, rosas, calçadas molhadas, eu vestia o vento, a bicicleta me levava por imagens e sensações frescas, a bolha da criança se rompia ao toque dissoluto do mundo.

E havia os cães, os inumeráveis vira-latas, sozinhos, em matilhas ameaçadoras, pequenos, grandes, fortes, medrosos, raquíticos, simpáticos, capirotos hidrófobos, mortos nas valas, com sarna, atormentados pelas moscas, com o saco inchado, cegos, carentes, cães e cadelas saltando pelas ruas de saibro, fuçando nos lixos, copulando nas esquinas, presos um ao outro pelo pênis dilatado, capturados pelas carrocinhas para virar sabonete, cheirando-se os cus, brigando, lambendo feridas, mordendo pulgas, dormindo nos descampados feito guardiões espirituais do sol, criaturas do além-muro, livres, provocando em todos nós, como para-raios da tempestade humana, descargas de ódio e compaixão, de amor puro e instinto assassino.

Os cães... Eram os representantes amorais do instinto, soltos na estrutura racional da cidade, percorrendo sua lógica como furos, como falhas, eram janelas vivas para nossa própria animalidade sufocada.

"Os seus parceiros, eles sumiram", digo ao meu amigo do posto de gasolina. "Ainda existem nos lugares mais pobres, mas antes andavam por toda cidade, mijavam nas árvores das praças, nadavam nos chafarizes, cochilavam nas marquises. O que foi feito está certo, abrigar os bichos, adotá-los, denunciar a violência. Mas ficou tudo tão... tão simplesmente humano."

O meu amigo, porém, não me ouve. Já vai longe. Levou consigo a bicicleta, as ruas inaugurais, minha capa de vento, os vira-latas que povoaram minha infância, aquele menino que ia abandonando o menino pelo mapa cada vez mais amplo e indistinto de sua geografia.

Me levanto da plataforma, limpo a calça suja de fuligem. Ouço os ecos dos meus passos pela estação vazia. O cão não me trouxe a palavra. Não há problema. Aquilo que deixou, o mastim divino, vai muito além do que eu possa escrever.

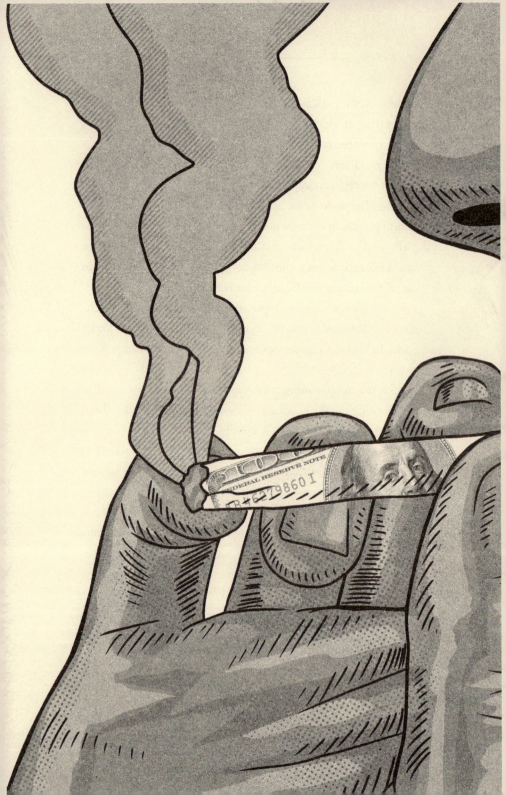

entre dólares e drogas

Na volta de um encontro de poetas em Viseu, resolvi conhecer Piódão, a aldeia histórica que muitos consideram a mais bonita de Portugal. Se é a mais bonita não sei dizer, não conheço todas. Mas fiquei deslumbrado com as casinhas de pedra escura, engastadas como joias da obstinação humana numa encosta da Serra do Açor. Depois de subir e descer por suas vielas silenciosas, imaginando como os agricultores pobres viviam ali em tempos mais agrestes, resolvi descansar num pequeno restaurante ao pé da Igreja Matriz. Perto de mim, um casal de jovens ingleses conversava calmamente. Eu quase não ouvia o que eles diziam, mas de repente uma frase da moça saltou, nítida, no ar: "He took a while to have a body" (aproximadamente: ele demorou a ter um corpo). Podia ser o verso de um poema. Vejam só, pensei: a poesia fugiu de nosso encontro de vaidades em Viseu para surgir ali, disfarçada de banalidade, entres as mesas de um restaurantezinho turístico.

A caminho de Lisboa, dirigindo devagar pela estrada sinuosa da serra, lembrei de um publicitário que conheci no Rio de Janeiro há muitos anos. Era um sujeito magro, cabeludo, com rugas fundas na testa e nas têmporas. Quando ria, mostrava uns dentes estragados que destoavam dos belos olhos azuis. Não entendi, a princípio, por que pensava nele, mas recordei que, depois de visitá-lo em sua casa durante uma viagem de trabalho, anotei no hotel o que havia contado a mim. Perdi a anotação, mas era mais ou menos assim:

Esta é minha casa. Entre, por favor.

Você não vai encontrar nada de especial nela. Não tenho, por exemplo, um gato. Cachorro, só tem aquele ali, de porcelana, que comprei não sei por que numa tarde fria e chuvosa em Amsterdã, séculos atrás. A única planta que você vai achar é esta samambaia. Sim, é bonita, mas isso é dela. Eu até me esqueço de dar água pra ela. Como você vê, os móveis são simples e baratos. A luminária de papel foi ideia da minha companheira. Na fruteira não costumo ter mais do que estas três bananas escurecidas e a laranja quase murcha, porque só como fruta quando me obrigo. Os temperos são esses aí, em saquinhos de supermercado. Tenho sempre azeite de oliva, café, pão, manteiga e queijo, isso nunca falta. O resto são umas carnes congeladas e duas ou três verduras, às vezes uma sobra de comida num *tupperware*. Faço pratos simples, mas cozinho todo dia, com algum prazer, eu diria. Gosto de descansar das preocupações picando cebolas e tomates, o ritual me tranquiliza. E depois, sim, tem os livros, nessas estantes que eu mesmo montei. É uma madeira clarinha, barata, mas resistente. Tem o seu charme, você não acha? Não, você não acha. Exagerou no elogio. Por favor, não precisa se justificar, eu sei que não há nada demais aqui. Só disse que a madeira é charmosa porque acho isso tudo um luxo, até os dois quadros com reproduções ordinárias de pintores óbvios. Até a cadeira de escritório de couro sintético já meio rasgado (eu sei, ela não tem nada a ver com a mesinha redonda). Mas é um luxo, sim, essa casa é um primor. Pra mim é o melhor lugar do mundo. Tudo aqui me parece muito agradável. Claro, isso soa estranho pra você, a casa é de uma simplicidade que beira a carência. Mas vou lhe explicar melhor porque o fato de eu estar aqui representa pra mim um raro requinte. E vou fazer isso contando tudo que deixei lá fora. A tranqueira que larguei pelo caminho.

    Foram anos e anos me esmerando em perder coisas. Não é fácil isso, somos criaturas acumuladoras, treinadas para adquirir, "progredir". Mas, aos poucos, aprendi a perder. Primeiro, perdi a vontade de trabalhar como um louco. Tinha muito dinheiro nessa época, havia ganhado prêmios internacionais, era diretor de criação de uma grande agência. Mas já não via sentido naquilo. Me sentia vazio como aquela casa suntuosa em que eu só passava as noites e os fins de semana, quase sempre exausto. Pedi a conta na agência, resolvi viver de trabalhinhos menores, frilas que davam para o gasto. Então, a mulher que eu tinha naquele tempo, caríssima, desapareceu. Com ela foram os meus dois filhos pequenos, a casa no condomínio chique, os muros eletrificados, os carros novos, a mobília de grife, os jantares com vinhos da mais fina cepa. Fiquei desnorteado por um tempo, mas me mantive firme na ideia de perder mais profundamente. O dinheiro encolhia. Me mudei para um lugar menor, depois para outro ainda menor, até chegar a este. Sente-se, por favor. Não tenho bebidas alcoólicas, você já vai saber o porquê. Quer um suco?

    Nesse meio tempo, descobri que era possível perder coisas que eu nem sabia ter. O hábito de viajar para lugares distantes, por exemplo, em busca de uma novidade qualquer que me compensasse da paisagem desoladora que trazia por dentro. Ou a mania de fazer ginástica para exibir um bem-estar que a alma, nauseada, desdenhava. Perdi isso também, perdi mais, perdi tanto que fiquei gordo e triste, me senti acabado, sem saída. Via muito pouco os meus filhos. E continuei perdendo. Algo em mim queria a derrota completa.

Quando cheguei ao fundo poço, só me restavam uns poucos amigos, uma mala de roupa e certa amargura que me impedia até de fazer sexo. E então o quê? Ora, tenha calma. Eu não tive, apesar de tudo? Vamos num ritmo lento, porque a vida, ao contrário da ficção, não dá saltos performáticos. Ela nos mastiga sem pressa, sem cortes de edição...

Então, meu amigo, mergulhei no álcool e nas drogas. A sociedade burguesa era uma merda, a pobreza era uma merda, o que eu fiz? Fui viver fora da realidade. Queria perder também a consciência. Passei uma década chapado, até atingir a mais absoluta falta de cuidado comigo mesmo. Andava com a roupa rasgada, suja, derrubava vinho vagabundo na barba e no peito, meus dentes apodreciam, o nariz às vezes sangrava, machucado pelo excesso de pó. A namorada viciada que eu tinha sumiu quando uma noite quebrei a casa toda ouvindo Nirvana. A ex-mulher proibiu os filhos de me verem. Eu trabalhava raramente, não sei como consegui dinheiro para viver daquele jeito, comprando o bagulho, comendo alguma coisa, pagando aluguel. Mas vivi. Por uma década. Estava magro, pálido, ia do ódio profundo pelo ser humano a uma fraternidade cósmica. Mergulhava em abismos terrestres e celestes, dava minhas roupas aos mendigos, dizia as piores coisas ao primeiro que passasse por mim.

Essa viagem pelas névoas do álcool e do ratatá durou até os meus quarenta e cinco anos. Um dia acordei de uma sessão avassaladora de maconha, pó, *crack* e cachaça. Olhei em volta e estranhei os despojos da minha autodestruição. Tinha um corte fundo no pé, meu braço esquerdo estava roxo. Na pia imunda, já nasciam brotos de uma batata. Havia garrafas pelo chão, um buraco negro feito a fogo no pano de prato. De repente compreendi que, desde os tempos da agência de propaganda, estava agindo como se não tivesse corpo. Usava os excessos para me apagar. O que havia me levado a fazer aquilo? Eu não sabia, mas já não era preciso. O grande porre tinha chegado ao fim.

Resolvi parar com tudo. Não me pergunte como, mas consegui. Peguei as poucas coisas que ainda tinha (da decoração destruída só sobrou o cãozinho de porcelana) e vim para esta casa. Conheci aquela mulher tranquila que está dormindo lá no quarto; devagar ela foi ficando comigo, me trazendo para o chão, me devolvendo a mim. Primeiro trouxe os seus quadros, depois esses pratos bonitinhos de feira de antiguidade, as canecas, a luminária de papel, o velho tapete azul. Mas, como eu, ela não queria muito mais do que isso. Decidi pegar mais trabalhos, recuperei alguns amigos. Comecei a lembrar com remorso de tudo que tinha feito. Era como se fosse a vida de outra pessoa, de uma não-pessoa que eu havia sido por tanto tempo.

Às vezes viajo com a companheira até onde a nossa grana alcança, às vezes ando de bicicleta. Escrevo uns versos que você não vai querer ler, mas que me fazem bem. Comprei um carro usado em bom estado, um celular que tira fotos com resolução bem razoável. Aprendi a parar em frente ao mar e ver a água ondulando, um barco, uma gaivota. A tomar café diante da janela vendo apenas o que está diante da janela, satisfeito com o que se pode ver, com o que se recebe de fora. Passo as mãos pelas pernas, pelos braços, sinto que estou vivo. Meus filhos vêm me ver, estamos relativamente próximos, embora eles ainda me encarem como um estranho familiar. Eu amo muito as minhas crias, talvez às vezes exagere esse afeto movido pela culpa. Enfim, vou indo. É verdade que alguns dias tenho ganas de me chapar furiosamente, ou de virar o chefe rico e egoísta de uma multinacional sórdida. Mas aí me obrigo a comer uma laranja, pedalo um pouco, converso com a companheira. E passa.

Não digo a você que vou ter um gato, não cheguei ao gato. Nem vou me esforçar muito para trocar a cadeira rasgada, são só dois talhos pequenos no encosto. Além do mais, quase ninguém vem aqui. Quem vem, como você, é gente boa. Gente que vai captar a beleza dessas coisas que eu salvei do naufrágio.

Não, minha vida não é verossímil. Mas quando penso que não é possível que eu tenha vivido daquele jeito, olho para o cachorrinho de porcelana. Parece um bichinho ingênuo, não é? Mas ele também viu tudo. Ele também estava lá, naquela loucura, entre dólares e drogas.

buraco no teto

O Casa da Índia é um desses pequenos restaurantes portugueses tradicionais que sobreviveram ao *boom* turístico de Lisboa. Está ali, na Rua do Loreto, há quase um século. Sua fachada atual, de vidro com esquadrias toscas de alumínio, não atrai os turistas na hora do almoço. Os que se aproximam para olhar seu interior logo se afastam. É que nessa hora os trabalhadores de serviços ocupam a velha tasca para comer, numa barulheira de feira popular, um autêntico bitoque ou bacalhau com todos, a menos de dez euros.

Escolhi o Casa da Índia para o encontro com o velho poeta pensando em sua dupla característica de português tradicionalista e burguês arruinado. Talvez fique um pouco incomodado por estar entre homens de calças sujas de fuligem, mas imagino que a comida e o vinho da casa, com sabor e preço do passado, recobrarão seu ânimo saudosista. Quem sabe até veja a ilustração singela das caravelas na parede dos fundos e me dê informações preciosas sobre a célebre Casa da Índia do século XVI, em que eram administradas, desde o Terreiro do Paço, as pilhagens feitas pelos navegadores mundo afora.

Sento-me a uma mesinha e aguardo o amigo. Para minha surpresa, chega de bengala, apetrecho que até hoje nunca o vi usar. Senta-se à minha frente, me estende a mão, suspira. Apoia a bengala na parede.

– É difícil envelhecer em Lisboa, diz.

Aguardo a explicação do lamento; penso nas ladeiras, nas calçadas estreitas e cheias de turistas, na solidão a que muitos velhos são relegados aqui. Mas, ao seu estilo caladão, ele não diz mais nada sobre o assunto.

Também não faz qualquer comentário sobre o restaurante, embora, ao recusar o cardápio como se já o conhecesse, não hesite em pedir iscas de porco e uma jarra de vinho da casa. Escolho favas e digo que dividirei com ele a bebida.

Em meio ao falatório dos clientes e aos gritos dos garçons para a cozinha, iniciamos então uma dessas conversas pontuadas de silêncio que costumamos ter.

O poeta me fala dos seus dissabores com uma pequena editora que "escondeu" seu último livro. Ela o publicou, fez um lançamento (ao qual ele não foi!), mas não o distribuiu devidamente para as livrarias.

– São agora todos uns aldrabões.

Ele bebe um gole de vinho e me olha de relance. Ao redor dos lábios cansados, a barba e o bigode brancos estão amarelos de fumo barato.

– Mas por que você não foi ao lançamento?, pergunto, sem esconder meu espanto.

– Isso não é para mim. É muito possidônio.

Enquanto o escuto, como de costume, faço traduções simultâneas. Possidônio – pretensioso. Aldrabão – o que era mesmo? Trapaceiro?

Me lembro de ter visto na casa dele uma foto esverdeada. Era o lançamento de um livro seu, há cerca de quarenta anos. O poeta estava ao lado de dois ou três autores já consagrados, todos jovens de esquerda pós-revolucionários. Miravam a câmera com firmeza; no gume dos olhos, um orgulho político e intelectual ainda intocado pelas desilusões que viriam.

Entre os anos setenta e oitenta, meu amigo obteve algum reconhecimento da crítica em Portugal, mas, por razões que eu desconheço, jamais conquistou os favores da mídia. Me disse uma vez que eles o ignoraram porque "não quis entrar no jogo", pois jamais deixaria que subjugassem seu espírito livre. Mas não creio que seja verdade, não de todo. Suspeito que, por trás da rebeldia e do desapego que exibe nos momentos de maior exaltação, se esconde a mágoa de um menino que não foi convidado a jogar.

Quero saber como anda seu último livro, do qual me falou ao telefone com entusiasmo, dias atrás. Ele me diz, aborrecido, que não tem conseguido escrever em casa. A velha geladeira anda fazendo um barulho insuportável. Uma das janelas da sala entortou, entra um vento frio pelas fendas.

– Ainda por cima, caiu-me um bocado do teto.

Não preciso perguntar, sei que se refere à placa de gesso que esconde a laje do teto. Instalam essas placas nas casas antigas para esconder o bolor que a umidade do rio e do mar espalham pelos cantos.

O velho poeta mora num casarão que herdou do pai. Por fora, ainda que malcuidado, ele remete à abastança da época em que o pai fez fortuna vendendo cortiça. Mas quando se sobe a ruidosa escada de madeira, entra-se num mundo de livros, quadros, poltronas de couro gasto, castiçais de prata e móveis torneados que o pó e a desordem embaralham num único, imóvel sonho de grandeza desfeita.

Meu amigo não soube gerir a sua herança. Ou melhor, não quis. Vive de migalhas, parece até se comprazer com o declínio dos valores de seu pai (embora não saiba se livrar deles).

Comemos em silêncio. Ele não reclama das iscas, mas também não elogia.

Na hora do café, o poeta tira do bolso um dos poemas do livro que está escrevendo. Começa a ler. No meio do vozerio e do cheiro dos assados na grelha, concentro minha atenção em suas palavras. Os gritos dos garçons pouco a pouco vão para o limbo e, no espaço luminoso que surge entre nós, seus versos vão rompendo camadas e camadas de vida precária. Aos poucos me devolvem, através de metáforas estranhamente agudas, a um lugar pleno, calmo, livre de tudo que imaginamos necessário. É como se o poema abrisse um outro buraco no teto.

Quando termina a leitura, ele mal olha para minha reação de satisfação. Dobra o papel, pede a conta. Anda muito sozinho com suas obsessões literárias, como se tudo que viesse de fora fossem aplausos de foca ou ataques de hienas.

– Belíssimo, digo.

Ele me agradece com uma ponta de amargura.

Descemos juntos até a Praça Camões. Me despeço, entro no elétrico 28. O veículo avança, contorna a praça. Ainda vejo meu amigo, parado no meio do remoinho de pessoas apressadas. A bengala pendurada no braço, relê o poema, ruminando os versos como se provasse a beleza que eu vi neles.

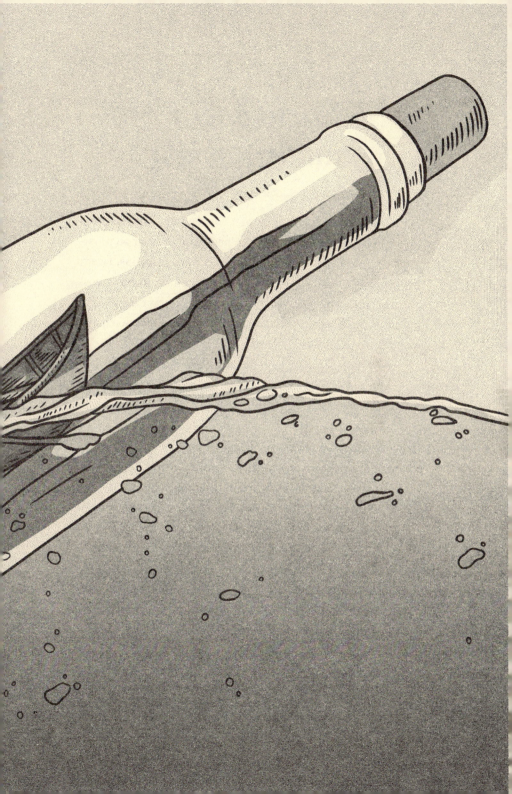

mensagem numa garrafa

Bêbados são quase sempre inconvenientes. Podem ir de uma explosão de raiva a um surto pegajoso de amor ao próximo. Riem de coisas bestas, quebram copos e cadeiras, fazem confissões e acusações que deixam os outros constrangidos, choram como crianças desamparadas. São figuras carimbadas, no fundo aceitas pelos mecanismos repressores da sociedade, que precisam de válvulas de escape anódinas.

Ao longo dos anos, porém, conheci alguns que fugiram a esta regra. Surgiram à minha frente encharcados de álcool e, em vez de me aborrecer, subitamente iluminaram meu caminho. Ainda que não estejam nem de longe à sua altura, eu os vejo como herdeiros anônimos de Li Bai, o grande poeta da época de ouro da poesia chinesa, que encontrava no vinho uma espécie de janela espiritual para as mais agudas percepções. Era como se driblasse, através da bebida, a lógica desumana do poder e o senso comum que ampara essa mesma lógica.

O primeiro desses bêbados líricos veio ao meu encontro no começo da década de oitenta, quando eu tinha uns vinte anos. Já eram duas da manhã. Saí de um boteco na Avenida 7 de Setembro e fui para o ponto do expresso Santa Cândida-Capão Raso. Me sentei no meio-fio, resignado a esperar (naquele tempo, em Curitiba, havia poucos ônibus circulando depois da meia-noite). Um homem barbudo, de paletó surrado sobre um blusão roxo, de gola olímpica, aproximou-se torto de bêbado e se sentou perto de mim. Me olhou tentando me focar, mas desistiu e permaneceu calado. Ficou ali, balançando como a chama de uma vela. De uma boate perto de nós, saiu uma jovem de vestido tubinho preto. Subiu a avenida vazia em nossa direção, com os sapatos de salto alto nas mãos, tomando cuidado para não machucar os pés. Era alta, magra, movia com delicadeza suas formas perfeitas. De vez em quando, afastava impaciente os longos cabelos negros para trás. O bêbado e eu a vimos passar diante de nós num silêncio reverente. Ele então buscou a cumplicidade do meu olhar, deitou-se na calçada e disse (para mim ou para as estrelas):

– Às vezes eu acho melhor olhar do que pegar.

Adormeceu com a expressão beatífica de quem mergulha num profundo prazer estético.

Outra vez, o herdeiro de Li Bai surgiu num *ferryboat*. Foi uns dez anos depois. Eu ia atravessar a Baía de Marajó para ir a Soure, na Ilha de Marajó, partindo de Belém. O povo entrava no barco a pé, de bicicleta, moto, carro, levando cachorros, caixas e trouxas, num ritmo lento de procissão entorpecida pelo sol. No salão dos passageiros, procurei logo um lugar para ficar observando as águas, voltado para a proa. No meio da viagem, perdi o interesse pelo rio, que havia se transformado num mar barrento. Um homem com traços de índio se aproximou de mim. Bebia cachaça de uma garrafa plástica. Balançava ao ritmo do barco e do álcool. Me ofereceu a bebida, que delicadamente recusei. Então começou a me contar sua história, numa lentidão que às vezes me tornava disperso. Tinha vindo do Piauí em busca de uma mulher, com quem tivera um breve romance na juventude. Havia deixado tudo para trás, casa, esposa, filhos, emprego, só não perdera a obsessão por aquele fantasma amoroso. Ele falava sério, um pouco intrigado. Parecia tentar alcançar a razão obscura de sua busca, que provavelmente não se limitava àquela mulher. De repente, apontou a garrafa para o horizonte, como se oferecesse cachaça ao rio:

– Repita o que eu disse para eu ver se entendi.

Eu ri, mas ele não me deu mais atenção. Ficou hipnotizado pela imensa jiboia do rio, a deslizar por entre as margens agora invisíveis.

Em Florianópolis, na virada do ano 2000, fui ao Ribeirão da Ilha comprar ostras. Foi lá que encontrei o terceiro bêbado lírico. Eu já o conhecia. Era o seu Joaquim, um velho pescador que criava ostras numa ponta da Praia de Fora, com a ajuda de dois filhos adultos. Parei meu carro diante da casinha do velho, caminhei pelo terreno pedregoso até a praia, onde havia duas canoas, alguns balaios, uma rede estirada na areia. Podia-se ver dali, não muito longe, a armação do viveiro de ostras saindo da água. Não encontrei ninguém, decidi esperar um pouco. Fiquei admirando o canal entre a ilha e o continente, as montanhas da Serra do Corvo Branco à distância, recortadas como cartão contra o céu de um azul vago, nostálgico. Para minha surpresa, o velho emergiu de dentro de uma canoa. Devia estar dormindo ali, porque saiu ajeitando a bermuda e o boné esfarrapado, onde estava escrito NY. Tinha os olhos vermelhos, exalava cachaça. Perguntei se havia ostras. Ele disse que sim de um jeito hesitante, como se tentasse se lembrar de alguma coisa. Eu quis saber onde estavam seus filhos, que não via há muito tempo. Ele me contou que haviam abandonado a pesca, agora se dedicavam a uma pousada no Pântano do Sul. O turismo e os barcos grandes estavam acabando com a pesca dos pequenos, lamentou-se o velho. Ajudei-o a empurrar a canoa para a água. Reparei no lenho antigo e duro de seu pescoço, nos pés lanhados em que um dos dedos grandes estava sem unha. Quando ele subiu na canoa, perguntei se ainda gostava de pescar. O velho deu a primeira remada, depois me olhou através de uma névoa de pinga:

– Quanto mais vezes vou pro mar, menos eu volto.

nítido abismo

Sentado ao lado de minha mãe no ônibus, eu não compreendia nada. Não sabia para onde íamos, por que tinha vindo com ela ou o que a fazia sofrer. Ela apertava meu ombro, olhando por cima de mim para a cidade, a fim de esconder dos outros o rosto desfeito pela dor. Suas lágrimas, porém, caíam em meu colo e me deixavam confuso. Era como se, de um céu sempre azul, surgissem inexplicáveis gotas de chuva. Eu segurava firme o cavalinho que ela me dera ainda há pouco, talvez com medo de que pudesse desaparecer naquela surpreendente manifestação de fragilidade do nume que me protegia. Mas, aos poucos, a mãe se acalmou. Ficou de olhos e boca abertos, num pasmo que beirava a idiotia, imóvel, entregue ao balanço do ônibus como um enorme bebê rosado.

O cavalinho não sumiu. Diante do meu olhar sonolento, a paisagem urbana começou a evanescer. Os braços dela me envolveram, e o calor de seu corpo permitiu que me abandonasse de vez ao nítido abismo dos sonhos infantis.

Quando acordei, estava em uma cama estranha, num quarto que nunca tinha visto. A luz do sol se estendia pelo assoalho encerado, vibrava nas cortinas brancas. Onde ela estava? Um enorme urso de pelúcia marrom me olhou de cima do armário. Vi meus tênis ao lado de outros, junto à porta. Apesar de surpreso, fiquei tranquilo. Havia ali uma ordem e uma paz que me acolhiam. Me levantei, segui descalço pelo corredor da casa, sem ouvir meus passos sobre a passadeira de linóleo. Na cozinha, entre azulejos verde-água e armários de fórmica, a mulher me olhou. Apertou os lábios com ternura. Sem me dizer nada, afastou uma cadeira da mesinha e me ofereceu bolo, suco de laranja. Passou de leve a mão em minha cabeça. Eu queria saber onde estava minha mãe, mas a pergunta, diante do modo calmo e amoroso com que a mulher me recebeu, havia perdido a urgência.

– Elenir!, chamou alguém lá fora, no quintal.

Elenir sorriu para mim.

Ela era magra e usava um longo vestido florido, que a apertava logo abaixo dos seios. Seus cabelos formavam um coque desleixado no alto da cabeça, o que parecia repuxar as extremidades de suas sobrancelhas para cima. As mãos finas tocavam a louça e as panelas em movimentos fluidos, contínuos. Descobri, de repente, que havia outro menino na cozinha. Estava sentado no chão, ao lado da pia. Era gordo, tinha um pequeno hematoma no joelho; acariciava ou provocava um gato, que o encarava com o rabo erguido. Elenir encheu uma bandeja de fatias de bolo, fez sinal para o menino e estendeu a mão para mim. Fomos para o quintal. Não estranhei que estivesse cheio de crianças e mulheres, mas não compreendi por que não faziam barulho. Um garoto chutou a bola para mim. Eu olhei para Elenir, para a roda de mulheres sentadas em banquinhos e cadeiras. Era visível que elas não se importariam se eu entrasse na brincadeira. Devolvi a bola. Logo fazia parte de um jogo de bobinho com mais três garotos, enquanto duas meninas lavavam bonecas no tanque junto à escada da cozinha. Elenir falou algo baixinho para as outras, que concordaram com a cabeça. Uma delas me olhou com uma breve palpitação nos olhos, sorriu sem jeito.

Eu corria atrás da bola como bobo ou fazia alguém de bobo, mas me divertia nas duas situações. Depois subimos no caquizeiro que sombreava um dos cantos do quintal. Os meninos me deram o melhor lugar, no galho mais alto. Eram gentis, afáveis, muito diferentes dos garotos da minha escola, sempre envolvidos em disputas e tão violentos que chegavam a se espetar com a ponta-seca dos compassos.

Por um tempo único, que infelizmente não se repetiria vida afora, não me perguntei quem era a mãe de quem, se esse era irmão daquele ou quem era o dono da casa, do bolo, da bola. Éramos todos de todos e tudo nos pertencia, ou melhor, nada pertencia a ninguém. Alguns nomes surgiam no ar, Manoel, Clarinha, Lauro, mas, em vez de apenas nos diferenciar, soavam como caminhos para os outros. Eram nomes abertos à livre circulação do afeto.

Aquela grama verdejante, entre cercas de ripas agradavelmente escurecidas pelo tempo, percorrida ao fundo por um varal com roupas coloridas, era um território distante dos atormentados domínios que eu conhecia. Ali, talvez, as diferenças superficiais entre as pessoas houvessem sido superadas. E quase toda diferença era superficial, parecia dizer a harmonia reinante naquele quintal. Uma comunhão tribal nos unia. As pessoas se relacionavam com a serenidade de estarem protegidas pelo que emanava do nosso destino comum. Quando uma das meninas censurou a outra porque não era para molhar o cabelo da boneca, ou quando os garotos se desentenderam acerca das regras do jogo, os adultos apenas observaram, e as próprias crianças se envergonharam das discussões.

Mas algo estava faltando, algo que daria sentido a tudo.

Então um garoto, provavelmente sem querer, atingiu minhas costas com um objeto duro. Algum sentimento adverso, subjacente, veio à tona, eu fui para a escada da cozinha, muito magoado.

– Onde está minha mãe?, lamentei para os meus pés.

– Ela já vem, disse, com indisfarçável tristeza, uma velha que espalmou a mão no rosto.

Elenir veio até mim, ajoelhou-se à minha frente.

– Ela está resolvendo umas coisas e já vem.

Percebi que suas palavras suaves escondiam alguma preocupação, e a mágica se desfez. Os meninos agora eram selvagens, as meninas, umas chatas gritalhonas, e aquelas mulheres talvez fossem as tais ciganas que roubavam crianças. Tive medo, me senti impotente, indefeso. Corri para dentro da casa, sem saber ao certo o que faria. Cheguei à sala, dominada por um grande tapete azul com flores vermelhas. Na penumbra, minha mãe falava ao telefone. Chorava novamente, mas discutia qualquer coisa prática. Ao me ver ali, fez um gesto consternado para que eu me afastasse.

Julguei compreender por que viéramos até aquela casa: nós não tínhamos telefone. E minha mãe precisava muito de um telefone. Fui para o pequeno jardim da frente, onde me sentei ao lado de um anão de pedra. Pela rua tranquila de terra batida, o vento erguia borrifos de pó. Fingi não perceber que minha mãe, atrás do reflexo das nuvens na janela, me observava com aflição.

Como poderia saber? Naquela manhã, as pessoas, cientes do que eu ainda desconhecia, me tratavam como um órfão recente. Pois numa praia distante, meu pai havia morrido.

todos os nomes levam ao mar

— Para qual praia nós vamos?

Rute faz a pergunta só por perguntar. Está ao meu lado no carro, abraçada aos joelhos. Seu chapéu castanho de gângster, circundado por uma fita preta, os fartos cabelos negros e os pequenos óculos escuros de aro redondo lhe dão um ar de artista *hipster*, que ela costuma evitar. É um chapéu dos seus tempos de Chapitô, a escola de artes em que "todos eram excêntricos por fora", como ela às vezes diz.

Hoje cedo esqueceu o preconceito, vestiu o chapéu. Pôs os óculos *vintage*, tirou do armário uma *tote bag* abandonada. Olhou-se no espelho com ironia maternal, como se encontrasse uma amiga mais jovem. Gostei de vê-la incorporar todos aqueles clichês de juventude descolada. Era como se decretasse que, neste domingo, estamos livres de censuras e autocensuras. Podemos ser o que quisermos.

Para qual praia vamos, pensei. Fonte da Telha, São João, Morena, Cabana do Pescador, Mata, Castelo, Sereia... As praias da Costa da Caparica têm muitos nomes, mas todos eles desembocam no mesmo mar. Todos levam à mesma faixa de areia macia cor de osso, que as águas verdes lambem sem pressa, como se dissolvessem os nomes todos da terra.

— Vou entrar na próxima praia, digo, vendo a fila de automóveis se adensar à minha frente.

Quando saímos do asfalto para pegar a estradinha de terra, os dois leem em silêncio o nome que surge numa placa.

Mais tarde, deitados na areia sob o guarda-sol, olhamos o intenso movimento dos banhistas. Parece que toda Grande Lisboa veio para a praia. Pudera, faz 38 graus, e milagrosamente não venta no mar aberto da Costa. Apesar de preferirmos praias vazias, percebo que, como eu, Rute agora não se importa com a muvuca. Crianças dão gritinhos líquidos que se perdem na vastidão azul, jovens e velhos jogam frescobol, futebol, vôlei, há guarda-sóis por todos os lados, famílias com mil apetrechos para passar o dia, gordos e magros, negros e brancos, nativos e estrangeiros, sóbrios e bêbados, corpos perfeitos e carnes flácidas, grupos frenéticos de adolescentes, namorados polvilhados de areia. O excesso de gente e informação não nos incomoda nem um pouco. Hoje, pelo menos hoje, por algum motivo, nos sentimos parte disso tudo. Talvez o chapéu de Rute nos proteja de nos defendermos de tudo, como um anti-chapéu que afaste as sombras. Mesmo quando ela diz "aquela rapariga vai e volta da água como se estivesse no trabalho", ou quando observo que o velho aposentado talvez esteja morto em sua cadeira, nossos risos são complacentes.

Perto de nós, um garoto com uma mecha oxigenada na franja começa a cavar a areia.

Abro o *Lazarilho de Tormes*, que sempre quis ler num dia tranquilo, propício à viagem no tempo. Rute resolve dar um mergulho, toca meu ombro e se afasta. Viajo com o Lazarilho pela Espanha quinhentista, consumida pela cobiça e pela miséria. Primeiro, vamos a serviço de um cego cruel, depois, de um padre avarento. Vejo ao longe a silhueta de Rute entre muitas outras, no mar faiscante. A cabeça do Lazarilho é jogada pelo cego contra um touro de pedra, o padre quase o mata de fome; nada espanta o narrador, coisas vergonhosas são contadas como se tivessem que ser assim. Mas as palavras, aos poucos, começam a ficar embaçadas – uma pergunta, ou melhor, o vulto de uma pergunta me torna confuso, disperso. Parece vir do que pulsa à minha volta.

O garoto da mecha oxigenada faz um navio de areia. A embarcação nasce devagar de suas mãos imaginosas. Largo o livro e só então a pergunta, como uma onda, cresce de si mesma, irrompe:

– Por que todos mudam quando vêm para a praia?

Me ajeito na toalha, melhoro a frase:

– Por que todo mundo *só* muda quando vem para a praia? Por que de repente a gente se liberta de tudo que aprisiona, roupa, sapato, classe social, paredes, pressa, carro, poder, vergonha? Todos de repente ficam quase nus. Todos de repente ocupam o mesmo espaço, sem muros ou linhas imaginárias, e como num passe de mágica qualquer um pode se sentar no chão, beber no bico da garrafa, comer com as mãos. Rolar na areia, tomar banho coletivo. Agora você pode brincar com os velhos e com as crianças, mijar na água, parar para observar qualquer coisa, ninguém vai desconfiar. Pode correr atrás do guarda-sol alheio, devolver a bola extraviada. Pode abrir os olhos para ver os peixes, as bundas, as nuvens, passar a mão na barriga do outro. E depois, se você se cansar de tanta liberdade, pode dormir boquiaberto, deitado numa toalha no meio de todo mundo, tendo por telhado apenas "o sol que a todos cobre", como disse Cartola.

Por que só deixamos nossas armas na fronteira da praia, *Lazarilho de Dios*? Se esse é o melhor dos mundos, que mania é essa de viver no pior?

O guincho irônico de uma gaivota parece vir em resposta. A liberdade é demais para nós, sugere ela. Não sabemos o que fazer com a liberdade, não por muito tempo. Tanta velhacaria, exploração, arrogância, egoísmo, preconceito, desde sempre, de Jericó a Lisboa, tanto sofrimento e solidão – para quê?

A gaivota conclui:

– Para nada! Para nada! Para nada!

Rute volta pingando da praia, senta-se ao meu lado, esbaforida. Lembro que a água da Costa é muito fria.

– O que é que estás a ler?

Me vem a resposta usual dela, quando quero saber como vão as coisas:

– The same old story.

– Não gostaste?

– Estou gostando. Muito.

Ela sai da sombra para o sol.

– Se todas as histórias são a mesma, por que gostamos de lê-las?

– Não faço a mínima ideia.

– Nem eu... Queres tomar um banho comigo?

Largo o livro na toalha, tiro os óculos. Caminho ao lado de Rute em direção à água. O barco de areia está pronto, o menino caminha à sua volta sem saber o que fazer com ele. Reparo que o velho aposentado, afinal, está vivo, conversa com a mulher. Esta esfrega as mãos depois de comer alguma coisa, passa a língua pelos dentes e diz:

– Precisava de a ver outra vez. A Maria João... Há muitos anos que não me sai da cabeça.

Maria, penso. Pedro, Sofia, Vera, Jorge, Manoel. O que nos separa, no fundo, se não o triste espelho de Narciso? Por dentro de um nome viajam todos os nomes, em viva urdidura – é preciso não esquecer disso. É preciso não esquecer que todos os nomes levam ao mar.

o amor não sabe morrer

– Ela se separou, diz a mulher ao meu lado.

Tem os lábios apertados pelo prazer da fofoca. É uma senhora que sempre encontro em eventos literários.

– Quem?

Cara de peralta, com o dedinho no colo ela aponta a outra. Faço um discreto sim com a cabeça, não quero atrapalhar a leitura do poeta lá na frente.

Estamos no gramado de uma quinta, rodeados de árvores. Sentados em cadeiras de plástico, formamos um semicírculo diante do palco, que se resume a um banco de jardim e um microfone. O poeta da vez é daqueles que dão um tom "profundo" à leitura, como se fossem profetas. A presunção de superioridade da poesia me constrange, mas o poema por trás da voz afetada é bom.

– Crônica de uma separação anunciada, insiste a senhora.

Não digo nada. Ela não consegue se concentrar nestes saraus. No entanto não falta a um. Adora ficar cercada de escritores, acho que busca neles algo sublime que idealizou nas leituras da juventude. E frustra-se, sempre, no contato com autores que falam em sêmen e miséria e se matam por um lugar ao sol.

– Esse homem vem ler caindo de bêbado, me disse um dia, enojada.

– Baudelaire era putanheiro e drogado, estive perto de responder. Mas não tenho vontade de perder tempo com esta senhora.

O poeta profundo recebe aplausos. Sai devagar do palco, meio ofendido. Um duo de jazz entra em cena. Aproveito a descontração momentânea para passar os olhos pela mulher que se separou. Está sentada perto de nós. É uma poeta com quem já conversei algumas vezes, deve ter uns quarenta anos. Não lembro seu nome. Seus olhos são doces, luminosos, a voz é suave. Uma doçura que tem qualquer coisa de religiosa, doçura com fundo gélido de abadessa. Veio com um discreto vestido florido, sobre o qual vestiu um casaquinho preto. Não parece inquieta nem triste, ouve a música com delicada atenção. Talvez a separação tenha virado rotina para ela. Não há casais que se separam quatro, cinco vezes, até se enjoarem do *frisson* da hemorragia?

Alguém fala com a minha vizinha de sarau, ela dá uma gargalhada. Os músicos olham.

O amor não sabe morrer, escrevi um dia num poema exagerado e triste, que me esforcei em vão para esquecer.

A abadessa se ajeita na cadeira, corrige a postura.

Quarenta anos, penso, a capacidade de se iludir começa a declinar.

O duo encerra o tema. É a vez de uma jovem poeta de longos cabelos vermelhos, vestido negro e botas de milico. Lê com magoada rebeldia, diz que devíamos ser de aço. Nós a aplaudimos com o excessivo entusiasmo de pais no teatro da escola.

Agora nos reunimos em torno de uma mesa cheia de taças de vinho. O clima pesado dos poemas foi arejado pela noite agradável ao ar livre, os convidados bebem sem ansiedade.

Quando vejo, estou ao lado da abadessa. Ela me diz qualquer coisa. Quero saber como ela anda.

– Eles viajaram. Estou há semanas sozinha. Trabalhando muito.

– Às vezes é bom ficar sozinho, digo.

Seu sorriso é a flor branca do jardim da abadia. Pode ser que o amor tenha mesmo acabado, ou nunca a tenha alcançado. Pode ser também que logo mais esteja de joelhos, devastada, na sala vazia.

Batem no meu ombro. É o poeta surrealista, amigo recente.

– Gostei da sua crônica! Aquela sobre desilusão.

– Todas são mais ou menos sobre...

– A que tinha o golfinho. Aquela imagem do golfinho no deserto. Muito boa!

Agradeço, precavido. O homem é obcecado por sua carreira. Costuma elogiar quem lhe pode ser útil. Fareja oportunidades, trinca os dentes quando fala de si. Vive a literatura no campo aberto das vaidades e rancores. Devia descansar disso. E não escrever tudo a partir de fora, um dia vai explodir.

Me puxam pelo braço, sou apresentado ao velho grande poeta que nunca chegou a ficar famoso. Escreve bem demais para um homem ainda vivo, ninguém perdoa. Parabenizo-o pela obra. Ele faz um esgar de desgosto.

– Já estou a cansar-me disso.

Os outros se indignam, protetores. O contrabaixista, magro e fleumático, diz que ele "está com a bezana". Não entendo, mas rio com eles. Estou cansado. A literatura fora dos livros me cansa rápido.

Devagar, me despeço de um, de outro. Logo depois, a caminho do carro, vejo a abadessa na penumbra, ao lado de um Buda de pedra. Ela não me vê. Fala baixo ao telefone, abafando as palavras como se suplicasse sensatez. O marido? Um amante, ansioso por dar livre curso ao desejo reprimido? Ela caminha, some atrás do Buda sombrio.

Mergulho no escuro de uma trilha, a brisa me traz um cheiro bom de bosta de vaca e resina de pinheiros. O céu está quase limpo, as estrelas se insinuam por uma gaze de névoa. Chego ao carro, me sento ao volante. Na primeira separação, eu tinha trinta e poucos anos. Minha garganta se fechava cada dia mais, às vezes sentia um gosto de sangue no fundo da boca. Sangue ou terra, alguma coisa de que eu era feito e me esquecera. Certa noite vi meu reflexo no prato de sopa, um narciso perdido entre batatas e *croûtons*... Lamentava nossos beijos secos, numa inconformada nostalgia de nós dois. Escovava os dentes, desligava a luz, enquanto um deus desabava silenciosamente sobre mim.

E agora... Agora aquilo tudo é pouco mais que nada. A luz de uma casa que vi ao longe, numa estrada noturna. A lembrança de uma dor, sem a dor da lembrança.

Ligo o carro, avanço pelas ruas desertas. A cidade dorme. *La vida es sueño*, afirmou Calderón de La Barca. *Mas como dói*, diria Drummond de passagem.

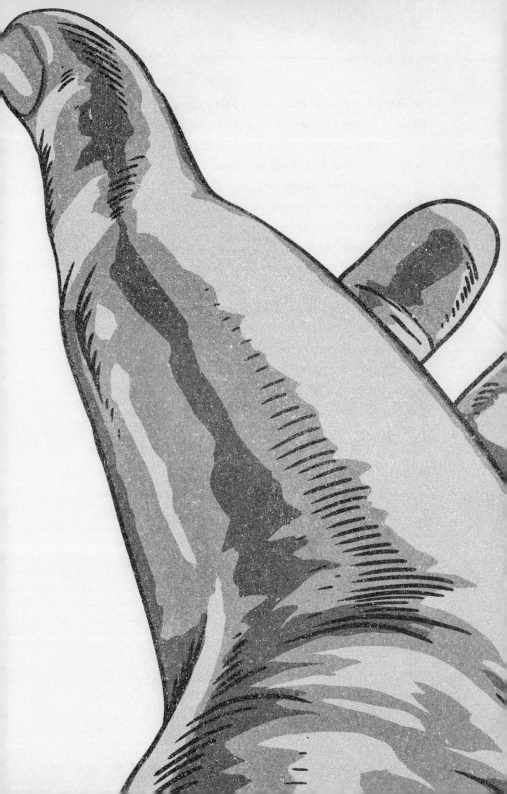

eu devia ter dito

Noite quente, abafada. Difícil dormir. Escancarei a janela, mas ela só exala o hálito de pedra que sobe da cidade. O lençol já está empapado de suor, deito de lado para secar as costas, mudo de lado. Meus músculos estão frouxos, se toco em mim sinto asco da pele grudenta. E a cabeça coça sob os cabelos sebentos, úmidos. Devia ter tomado um banho. Passei o dia caminhando com minha filha por Lisboa, embaixo de um sol africano. Mas cheguei em casa e me joguei na cama, exausto. Não tenho forças sequer para erguer o livro, que seguro como um náufrago. Falta ar para a alma enquanto o corpo se expande; os pensamentos se arrastam, cautelosos, irritados. Algo tem que acontecer, essa tensão acumulada requer uma catarse. Uma tempestade seria bem-vinda. Ventania, telhas voando, rajadas de chuva em minha cara febril.

Rute dorme espalhada na cama. É magrinha, não sente tanto o calor. Lá de fora só me chegam os latidos agoniados de um cão. Ecoam como se o bicho estivesse preso num porão. De resto, até os grilos se calaram. Me sento, acendo um cigarro. Esse calor não é normal. Revolvemos as entranhas da Terra em busca de ouro, ela seca, derrete. A lua cheia agora parece o ovo azul do réptil celestial. Dele nascerão os vingadores da espécie humana. Devia tomar um banho, meus pés estão inchados, a assadura recente arde entre o saco e a coxa esquerda. Por que não me mexo? Um pequeno esforço, tirar a cueca com cuidado, abrir a torneira de água fria, cinco minutos e pronto... Minha filha queria comer açaí. Andamos pela Baixa e pelo Chiado driblando turistas, carros, tuque-tuques, artistas de rua, mendigos, bondes. Por que não me levanto? Lavar essa cabeça suja, refrescar a assadura. Qualquer coisa maior do que a preguiça me mantém assim. É como se eu me desse um castigo ou, pior, fruísse o meu próprio sofrimento, lambesse as feridas. A cara pálida de minha filha por trás das bolas violetas de açaí, em contraste pontilhista com os fartos cabelos ruivos. Sua beleza de adolescente arrogante e insegura borrada pelo suor que escorria da minha testa. A exasperação mortificada pelo calor, o prazer de estar com ela, mesmo cercado de apreensões. Deito de lado, mudo de lado. Como o dono desse cão consegue dormir? Por que não o liberta, por que não *se* liberta? E agora um caminhão de lixo lá na esquina remói latas, plásticos, vidros. Lixo reciclável que vira lixo sonoro. Não é necessário esperar pela morte, já estou no inferno. Este calor é o bafo cínico do Anjo Caído. Quantas pessoas, como eu, não estarão agora expostas aos seus próprios pensamentos insolúveis, quantas a abrir os braços para refrescar as axilas. *Eu devia ter dito a ela que só não pude ser um bom pai porque não encontrava meu lugar neste carrossel de gárgulas, não compreendia a vida, me sentia ofendido por ela, ainda me sinto. Este aparelho, o corpo, entende, minha filha? Pode ser bem agradável, não merecia o implante de um cérebro voltado à ambição e ao desespero. Somos macacos com abismos semânticos nas sensações, enfim, eu ou algo remoto em mim esperava algo melhor de nossa natureza. Não há desculpa, claro, claro, fui um grande egoísta. Mas gostaria que você soubesse que dispendi os meus melhores anos alimentando uma angústia embebida em perplexidade, bebi e li retorcido sobre mim como um* monge pagão, e você crescia, aquele balanço no jardim sem os meus braços para empurrá-la, aquelas festas de aniversário a que não fui porque os pais das suas amigas eram todos idiotas, você descobrindo o mar e eu com um livro árido nas mãos, eu, o grande idiota, caminho pelo apartamento no escuro, abro a porta da sala. O terraço não alivia nada. Eu devia tomar um banho. Vou à geladeira e bebo um gole cortante de água gelada. Esse cão não sossega. Queria dormir, parar de pensar. Já não anestesio a inquietação com álcool nem tomo os remédios que os psiquiatras me davam para me integrar ao horror civilizado. Lúcido assim como ando agora o cão vai explodir, a culpa irá me consumir, *eu devia ter dito naquele momento em que ela comia o açaí que, sim, eu podia ter compreendido muito antes que a consciência não tem remédio, através mesmo da doença é preciso estender a mão às pessoas que amamos, dar a elas não as palavras dúbias de consolo amor ou esperança mas a mão, o calor do afeto animal que resiste sob a mente transida de frio, a mão, esta mão, minha filha, que demorou tanto para chegar a ti porque fui estúpido e nada vi à minha volta senão as sombras do meu coração perturbado, eu devia dizer aceita esta mão, minha filha, ela é velha e volúvel mas é tua, só em ti encontra o seu destino. Antes tarde do que nunca, sou teu pai, quero sê-lo com todas as forças, obtuso, torto, falho, sou a árvore senil do pântano para o pouso de descanso em teu voo tonto desde sempre repetido pelos filhos, aceita minha folhagem escassa, dorme em meu galho retorcido por esse amor esquivo.*

 O cão se calou, o caminhão foi embora. Rute dorme fundo. Na penumbra, me vejo no espelho da sala. Estou preso a este homem patético, descabelado, seminu. Uns dormem, outros se coçam. Depois trocam de lugar. Ela estava tão bonitinha atrás das colinas frescas de açaí. É uma boa garota, inteligente, intensa, terna apesar de tudo. A lua vai sumindo atrás do prédio. *Não há infância que não passe pela precariedade dos pais, filha, eu mesmo me sentia tão perdido naquela palafita de afetos entre minha mãe fragilizada pela viuvez e meus avós austeros. Alguma coisa pude dar, você há de concordar, lembra que te ensinei a andar de bicicleta, a não colocar vírgula entre sujeito e verbo? Alguma coisa... darei mais agora, se você me permitir, melhor com os gestos, as palavras são moedas gastas de um império derruído, melhor com os olhos, com o peito, toma, são teus, minha filha, não me olha mais assim, sou teu pai, não há outro, um dia você verá como é difícil erguer os filhos acima do muro com os braços lacerados pelos nossos próprios demônios.*

Entro devagar no banheiro. Acendo a luz. Sem olhar para o espelho, escovo novamente os dentes para me livrar do gosto amargo dos cigarros, do azedume das ideias. Abro a torneira do chuveiro. A água fria aos poucos desacelera minhas aflições. Escorre pela cabeça, pelas costas, bunda, pênis, braços, pernas, até remontar um homem. Estou vivo. Um bípede recendendo a sabonete. É preciso prestar atenção no corpo, é tudo que tenho. Habitá-lo com respeito, devolver a ele a prerrogativa da vida. Oferecê-lo aos outros como um fruto, carne sumarenta carregada de futuro. Deixá-la secar, essa carne, espalhar sementes através do cocô dos pássaros. É o que se pode fazer, acima ou abaixo dos erros. Todas as criaturas pensantes dão errado, *você verá, minha filha, mas é justamente isso que deveria nos unir, pena você não saber ainda.*

Passo a mão pelos cabelos brancos, reconciliado comigo. Me enxugo minuciosamente, como se me desenhasse. Estou aqui. Posso dormir agora, nadar nos longes de mim. Quando acordar, vou ligar pra ela. Amanhã me viro do avesso, me humanizo. Amanhã, amanhã eu digo tudo aquilo que escondi entre os dentes. Ou então lhe envio esta crônica, é uma ideia. Não, nem o telefone nem a crônica. Muito menos a crônica, não estas palavras poéticas que tentam atribuir grandeza a uma mágoa torpe. O corpo, a linguagem do corpo. Não se esqueça do corpo. Ele não mente, ele saberá dizer o que você leva no peito, amanhã apenas abrace, faça isso, meu velho – apenas abrace sua filha.

o velho e a guitarra

Cercada de sol e montes sem fim, sob um céu puro, impiedoso, a casinha de pedra é só sossego. Nenhum barulho vem de fora. Como o *perro* de Goya, a cachorrinha me olha semifundida à penumbra. Ao lado dela, compacto em sua calvície de homem pequenino, o velho transmontano toca a guitarra portuguesa. Ouço a música meio adormecido. Conheço um pouco da história do velho. Sei que ela se funde aos sons plangentes do instrumento, como o leito do Douro reverbera abismos na superfície calma e sedosa. Ele toca, eu me lembro das coisas que me contou ao longo desses dias. Encaixo as peças esparsas no pano de fundo da História.

Foi mais ou menos assim.

Em algum momento no fim da década de 60, quando este senhor simpático tinha muitos cabelos e a força de um jovem camponês de Trás os Montes, ele foi chamado pelo exército para defender os interesses do salazarismo na Guiné. Naquela época os portugueses já estavam cansados de ver seus filhos morrerem feito moscas nas guerras coloniais. Mesmo induzidos pelos órgãos oficiais, pela imprensa e pela Igreja Católica a confundir o bem-estar das elites com o de um povo famélico e analfabeto, começavam a desconfiar dos planos sanguinários e obsoletos de Salazar. Apoiadas pelas grandes potências, as colônias africanas se rebelavam com eficiência crescente. E o exército português ia perdendo a força, já percebera o absurdo de suas ações. Portugal era um país carcomido pela miséria material e humana. E o mundo já trocara o velho colonialismo pelas armas mais sutis da dominação financeira.

O jovem não foi levado para o *front*. Era respeitoso, disciplinado e sabia tocar guitarra. Suas habilidades manuais foram usadas para enviar mensagens sigilosas em código Morse. Ficou aquartelado em Bissau. Enquanto dedilhava o transmissor, Amílcar Cabral comandava a eficiente luta armada dos guineenses, que abateu de vez o já dividido exército português.

Quando o devolveram à sua desolada província de agricultores em Trás os Montes, não encontrou trabalho. Como tantos outros rapazes da sua geração, resolveu ir para a França, onde havia demanda por mão de obra barata. Lá aprendeu movelaria numa grande fábrica de móveis. Ganhou dinheiro, levou a jovem esposa para lá, teve uma filha. Ao voltar pra casa, após o 25 de Abril, montou uma fabriqueta de móveis de cozinha na sua aldeia.

O país, liberto dos grilhões de milicos e padres, pulsava, estudava, crescia. As mulheres saíam aos poucos das tocas, os jovens falavam de sexo, política e arte, já era possível ler os beatniks, Henry Miller, Marx, Jorge Amado, Urbano Tavares Rodrigues, usar livremente anticoncepcionais, biquínis como os de Brigitte Bardot, discutir a igualdade de gêneros, a desigualdade social, o racismo, a xenofobia. Como aprendera a fazer na Guiné, o jovem viu tudo isso acontecer sem emitir opiniões fortes. Ia à igreja, comia suculentas feijoadas transmontanas com a família, sorria e trabalhava. E prosperava, renovando as cozinhas rançosas das casinhas encravadas nos montes, às margens do Sabor e do Douro. Adaptava-se ao tempo e colhia dele os melhores frutos para que sua vida continuasse sendo a mesma de antes da guerra, pacata e ordeira, como fora a de seus calejados e soturnos avós. O mundo mudava, mas a monogamia e o Cristo na parede eram a base imutável sobre a qual ele discutia com os vizinhos os castigos que caíam do céu sobre almas e plantações.

Agora está diante de mim. Sentado na cadeira de palha, cercado pelas fotos da família que repousam na estante da sala, toca sua velha guitarra. Veste bermuda, uma camisa de mangas curtas desabotoada no peito, chinelos de couro. É um homem bom, cujas ambições mínimas, anteriores a ele, não encontraram resistência externa nem interna. O neto o acompanha ao violão. Tocam um fado, "Povo que lavas no rio", uma triste e bela canção daqueles tempos sem futuro. Sua filha, a menina que nasceu na França e agora, perto dos cinquenta, me trouxe à aldeia, canta com uma voz fina e hesitante. Parece intimidada pela minha presença. As mãozinhas muito brancas adejam na penumbra da sala. Eu os observo em silêncio, bem aninhado num sofá coberto por uma colcha de tricô, diante da fruteira de vidro amarelo que ostenta as maçãs reluzentes da paz doméstica. Pela janela vejo as linhas de oliveiras descendo as terras pedregosas da colina, como cabelos bem penteados. A cachorrinha vai até a porta, onde a cortina de miçangas não se move, olha o sol tórrido, volta para a poltrona. O fado atravessa o tempo, conta a história de uma gente sofrida, sentimental e dura, de cujas mãos esfoladas nascem oliveiras e arpejos:

Ai, povo que lavas no rio,
Que talhas com teu machado
As tábuas do meu caixão,

Há de haver quem te defenda,
Quem compre o teu chão sagrado,
Mas a tua vida não.

O velho tange as cordas duplas da guitarra, sorri para mim. Faz coro com a filha e o neto. Às vezes eu queria ser como ele, amar brandamente assim o que me coube. Acreditar que "todo trabalho é bom", como ele me disse, cantar aos domingos com uma melancolia cultural. Me sentir feliz por ser mais uma folha entre as folhas das oliveiras que espalham o árduo trabalho da vida pelos montes da minha terra. Deixar que a história repita sua terrível comédia e cultivar minha horta ancestral, ensinar uma canção para os meus netos entre os ingênuos pastores de porcelana dos meus avós. Às vezes eu queria... Mas como? Eu não saberia. Uso a minha vida sem convicções de proprietário, como se ela tivesse sido emprestada a mim mesmo. Não sei se Deus existe e desconfio de quem sabe. As divagações me afastam das coisas imediatas, básicas, óbvias, só posso acariciar um gato na lembrança de acariciar um gato. Fujo de grupos, rituais, tradições, se todos fazem a mesma coisa logo suspeito de uma estupidez coletiva, inercial. Não, eu não saberia ser como eles, me falta isso de querer estar no mesmo lugar com as mesmas pessoas queridas. Morei em oito cidades, três países. Assim que o homem da padaria sabe o meu nome penso novamente na estrada – só acredito na estrada, no indivíduo em movimento, desapegado, inconcluso. Estou tão longe desta família transmontana, polida por atavismos como as pedras do chão de sua igreja. Mas posso amá-la, mesmo de passagem, como amo agora o velho tocando sua guitarra da vida inteira, pequenino e forte, intocado pelo mistério que suscita. Como amo a canção que nasce e renasce desses lábios colados ao tempo:

> *Dormi com eles na cama,*
> *Tive a mesma condição.*
> *Povo, povo eu te pertenço,*
> *Deste-me alturas de incenso,*
> *Mas a tua vida não.*

quando fui jim hawkins

A multidão se acotovela entre as barracas da Feira do Livro de Lisboa. Desço a ladeira do parque em direção à rotunda do Marquês de Pombal, decidido a fugir da confusão. Me arrependi de ter vindo. Livros não combinam com este clima de supermercado. Precisam de silêncio, de espaço para expandir seu encanto. Ao contato de tantas mãos apressadas, murcham como tomates. Outro dia eu volto, penso, sabendo que não virei.

De passagem por um estande de livros infantis, vejo uma mulher exibir para o seu filho os exemplares grandes, coloridos, com poucas palavras e muitas ilustrações. Ela coloca um após o outro diante dele, aguarda sua reação. O garoto, de uns cinco anos, olha sem muito interesse. A mãe então abre um livro com *pop-ups*, essas ilustrações que saltam em três dimensões para fora das páginas. O filho ergue molemente o braço e aponta a traquitana, como quem diz: "Prefiro este, já que você quer que eu leve alguma coisa". Dando-se satisfeita, a mulher compra o livro, sorri aliviada para a vendedora.

Saio da feira pensando nessa insistência, nessa vontade imposta aos filhos para que amem os livros. É um valor herdado que se quer passar adiante. Mas normalmente é um valor de papagaio, de quem não entende nem pratica o que está dizendo. Se a maioria esmagadora das crianças não vê os pais lendo (como mostram as estatísticas), por que haveria de ler? Não há como enganá-las: as crianças sabem que aquilo é uma espécie de bule de porcelana da avó que os adultos cultuam, mas não usam. E assim que saírem da escola, depois de serem obrigadas a ler por professores e professoras desencantados com o modelo educacional impositivo, abandonarão a literatura, talvez com alívio. Exatamente como fizeram seus pais. Os pequenos sabem, desde o princípio, que ninguém bebia do bule. Era apenas um objeto de museu, nunca usado para matar a sede. Mais do que isso, percebem que aquela sede específica já não existe.

A caminho de casa, pelos túneis que o metrô percorre veloz em direção ao Terreiro do Paço, me lembro do professor Paulo Mikoski. A imagem fugidia do seu rosto rosado de polaco surge sob a minha própria imagem refletida na janela. Posso ver os agudos olhinhos azuis sob os cachos loiros, que rareavam na nuca. Sou bem mais velho agora do que ele era naquela época, na Curitiba da década de setenta, quando eu tinha uns nove, dez anos. Paulo era um homem baixinho, sua voz era clara, rascante, um pouco anasalada. Exalava paciência em meio à dispersão da turma, os alunos meio adormecidos ou jogando papeizinhos uns nos outros, enquanto ele tentava aclarar para nós os monótonos mistérios da análise sintática. Nunca se sobressaltava. Sua inteligência parecia supor e se conformar de antemão com o pouco resultado que obteria daquela entomologia de uma língua viva. Paulo Mikoski me marcou profundamente porque um dia, perdido no tempo como tábua no mar, jogou a toalha.

Naquela manhã, como sempre, ele entrou na sala usando a calça vincada de tergal marrom, a camisa de golas moles, meio surrada, com aquele ar de resignada civilidade que ainda me comove. E simplesmente não deu aula. Reuniu quatro carteiras vazias num quadrado. Sem dizer nada, jogou ali uns livros que havia trazido numa caixa.

– Quem quiser lê. Quem não quiser, por favor faça silêncio.

Pegou um dos livros, sentou-se à sua escrivaninha e passou a aula inteira debruçado sobre as páginas. Para minha surpresa, ninguém fazia barulho. Algo estava fora da ordem, havíamos entrado num território desconhecido. Uma aluna foi buscar um livro, depois outro a imitou. Não sei dizer ao certo, mas quase metade da turma se pôs a ler. Os outros brincavam com os dedos, desenhavam nos cadernos, mas permaneciam em silêncio.

Fui atraído pela capa que mostrava um menino ao lado de um pirata de perna de pau, os dois em frente a um baú semienterrado na areia. Era A Ilha do Tesouro, de Robert Louis Stevenson. Eu nunca havia lido um livro. Não fazíamos isso lá em casa. Os adultos trabalhavam ou viam tevê, as crianças corriam pelos terrenos baldios do Capão Raso, brincavam na rua e no quintal, se batiam pelos cantos da casa. Os únicos livros que eu conhecia eram os tomos da Enciclopédia Delta-Larousse, mas estes só serviam para enfeitar a estante da nossa sala, estáticos e intocados como a bailarina de vidro azul e a coruja de bronze.

Me sentei, abri o livro, hesitante, sem saber bem como me comportar diante dele.

O escudeiro Trelawney, o Dr. Livesey e todos os outros senhores me pediram para escrever sobre todas as particularidades da Ilha do Tesouro, do começo ao fim, sem deixar nada para trás a não ser o local da ilha, e isso porque ainda há ali tesouros não encontrados, e por isso levanto minha pena no ano da graça de 17...

Quando a aula acabou, eu havia avançado apenas dois capítulos. Precisei reler muitas frases, algumas porque não compreendia, outras para reviver seu encanto. Era inacreditável que alguém pudesse fazer aquilo comigo. Eu estava deslumbrado. Durante quarenta minutos me vi morando com meu pai doente na estalagem Admiral Benbow, conheci um pirata terrível que bebia rum, tinha as unhas quebradas e um "corte de sabre cruzando uma das bochechas". Porque, sim, a coisa era feita de um jeito tal que eu era o menino Jim Hawkins, o protagonista. O medo e a coragem dele, pelo menos, eram meus. Além disso, sem ter consciência do que me havia acontecido, eu estava feliz por ter dado um salto para fora das asperezas da realidade. Pela primeira vez, havia provado o prazer de frequentar uma elaborada arquitetura imaginária, um templo de palavras concebido por um deus inventivo e generoso. Mas o sinal do recreio soou, saí correndo para brincar. Esqueci o livro, que o professor não voltou a trazer para a escola. A luminosa "falha" de Paulo Mikoski foi uma janela aberta pelo seu cansaço, logo fechada pela obediência ao programa escolar. Uma pena. Não me lembro de nenhum livro que ele leu ou indicou depois. Só sobreviveu na memória aquele que o antimestre deixou flutuar em minha direção, como uma pequena ilha grávida de aventuras.

Hoje, por esses trilhos que atravessam túneis e tempos, percebo que Stevenson usou de um recurso sutil para explicar a literatura às crianças. Disse que não poderia revelar o local da ilha, porque ela guardava tesouros escondidos. Mas sugeria com isso que a riqueza dos livros está em se situarem em algum lugar indefinido, na pródiga e mutante geografia das nossas navegações internas.

Aliás, penso, subindo as escadas da estação, nunca terminei de ler A Ilha do Tesouro, o livro emblemático que despertou meu interesse por todos os outros. Podia fazer isso agora. Por que não? Seria até curioso: um menino começa a ler; meio século depois, um senhor de cabelos brancos termina a história. Os dois são a mesma pessoa. A diferença entre eles é que, na narrativa aflorada pelo menino, ainda faltava um pirata: aquele professor pequenino, de cicatriz na alma, que o libertaria da obrigação de ler. O homem que largou um livro à sua frente como se fosse uma garrafa de rum.

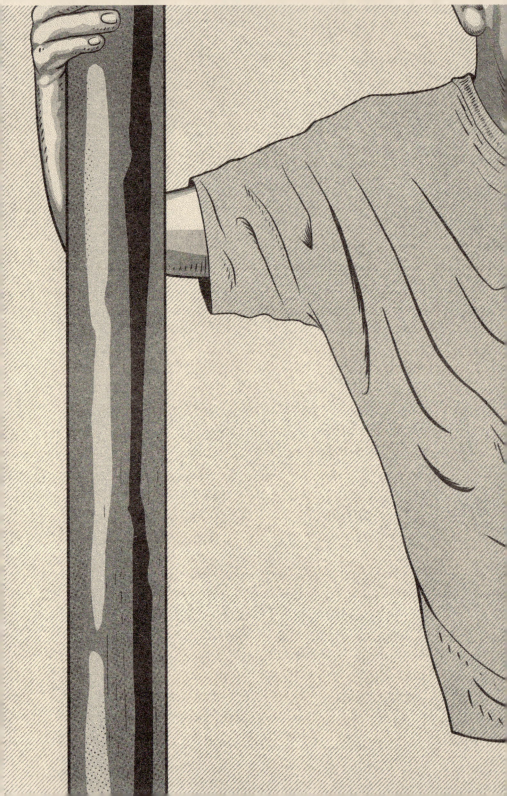

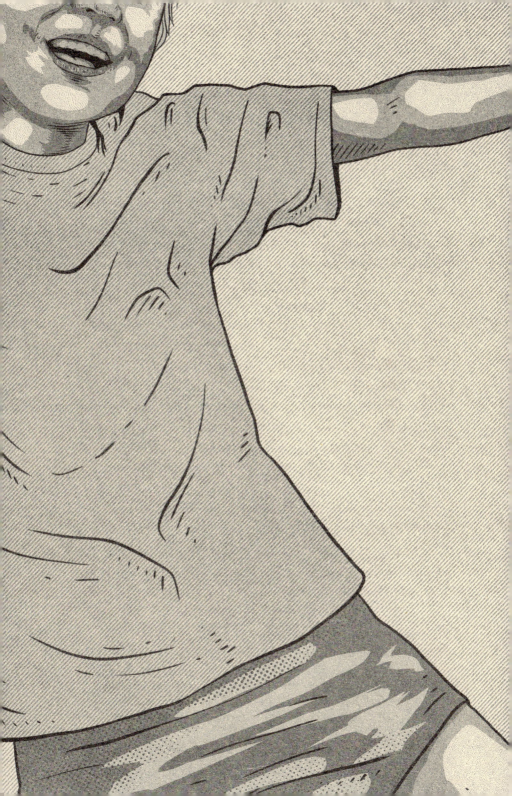

o poço e o pai

A primeira vez que meu pai morreu foi em janeiro de 1971. Nós vivíamos na casinha de madeira do Bom Retiro. Eu brincava de carrinho no milharal dos fundos ou por entre as ervas daninhas do quintal, em torno do poço que eu e meus irmãos estávamos proibidos de abrir (a mãe dizia que a morte estava lá dentro). Gostava de voar em círculos, me segurando nos tubos coloridos de PVC com miolo de concreto que sustentavam a pequena varanda da frente. E, como todos os outros garotos, corria pelas ruas de terra batida, de chinelos ou descalço, às vezes acompanhado de um velho pneu que eu rolava ladeiras abaixo. Atirávamos em latas, passarinhos e postes com estilingues, jogávamos bolinha de gude e bete, usando tacos feitos de ripas. Minha irmãzinha dava conselhos às suas bonecas, servia refeições de folhas e ramos picados para elas, enquanto a mãe vivia às voltas com roupas sujas, vassouras, panelas e baldes.

Eu tinha seis anos. Os dias eram longos e a noite caía subitamente, sem trazer ainda consigo o melancólico eufemismo da morte, que mais tarde viria com os crepúsculos.

Apesar de a mãe ser muito jovem para tanta atribulação, de meu pai quase nunca estar em casa, de sermos pobres e vivermos sem dinheiro para ir a lugar algum, a sensação que guardei daquela época é boa. Há um sol qualquer por dentro, cuja intensidade tenho dificuldade em resgatar, talvez por causa dos acontecimentos que vieram a seguir.

O pai era caixeiro-viajante, um bom vendedor, segundo me disseram. Mas não tolerava patrões. Eram todos burros e incompetentes, e o homenzinho, mais inteligente do que os chefes, só costumava ter na carteira um efêmero cartão de visitas. Mas, se o dinheiro era raro, seu ânimo não esmorecia. Às vezes dava um jeito de irmos para a praia nas kombis e fuscas das firmas provisórias, levando apenas um saco de pão, um cacho de banana e a alegria de sair de Curitiba, rumo aos prazeres do mar.

Certamente o sonho romântico da mãe, que ao fim da adolescência havia fugido de casa para viver com aquele homem bem mais velho, já se convertera em nervosismo e inquietação. Agora ela tinha trinta anos, quatro filhos e quase nenhum apoio para suportar a precariedade que a rondava sem parar. Em pouco mais de uma década, a realidade havia esmagado as flores dos seus diários de menina. Mesmo assim, e apesar da aparente indolência juvenil, era uma mulher forte, protegia-nos a ponto de não sentirmos nenhuma ameaça. Mas então o destino lhe deu o golpe mais violento, aquele que a desnorteou de vez.

Tarde da noite, como aves de mau agouro, minhas tias bateram à nossa porta. Eram as irmãs de meu pai. Graves e compassivas, traziam a triste notícia de que ele havia morrido numa praia de Santa Catarina. Nós, os três mais novos, estávamos dormindo. Mas o irmão mais velho desabou, arrancando cabelos pela sala.

Confusamente, ao longo dos dias, fiquei sabendo que o pai tinha agido como um herói. Durante um almoço na praia, em que ele e alguns amigos se fartavam de comer, duas primas foram arrastadas pelas águas. O pai, que era bom nadador, salvou as primas do afogamento, mas acabou engolindo muita água. A certa altura, a dentadura ficou presa em sua garganta e, já na areia, teve uma congestão.

No enterro, quis ficar na ponta dos pés para vê-lo no caixão, mas alguém me arrastou para a cozinha. Me deram alguma comida. Uma senhora muito gorda, com a boca cheia de bolo, pôs a mão em minha cabeça e disse "Ele foi para o céu". A mãe confirmou depois que este tinha sido o último destino conhecido do caixeiro-viajante. A informação entrou fundo na minha cabeça, cavou buracos lá dentro como um inseto, de tal maneira que passei quarenta anos buscando inadvertidamente o meu pai pelas ruas. Eu o vi em Curitiba, São Paulo, Rio de Janeiro, Natal, Paris, Buenos Aires... Sua existência vicária vagava comigo pelo mundo. Se ele tinha ido para o céu, podia voltar, sussurrava vida afora o menino submerso em mim.

A segunda vez que meu pai morreu foi numa conversa com o irmão mais velho. Ele havia lido algo que escrevi lá pelo ano 2000, um texto em que falava das primas que o pai tinha salvado. "Elas estão vivas em algum lugar", eu disse, "as primas dele, que também são primas nossas". Meu irmão riu. "Primas", naquele caso, não eram parentes. Eram "mulheres da vida". Fiquei chocado. Meu herói se sujava subitamente, depois de tanto tempo reluzindo na memória. Resolvi ligar para minha mãe. Não mencionei as primas, mas perguntei se ela amava o velho. Quis saber isso porque coloquei também sob suspeita a certeza que eu tinha de que ele fora o grande amor de sua vida. O sujeito instável mas empático e generoso até o fim, que habitava minhas lembranças, talvez fosse apenas uma construção infantil, jamais questionada pelo adulto (por algum motivo, eu não conversava sobre o velho com ninguém).

Minha mãe suspirou:

"Nem sei... Não, acho que não, era tanta preocupação... Eu vivia aflita", disse a voz cansada ao telefone.

Minha primeira reação foi de espanto. Mas, com o passar dos dias, um novo pai surgiu à minha frente, livre das amarras da idealização. Andou diante de mim exalando o cheiro animal de uma criatura cheia de desejos. Compreendi que meu herói morria. O homem que se sacrificou pelos outros era ao mesmo tempo um vulgar comerciante de amores. Uma pessoa falível, complexa, viva, vinha agora ocupar o lugar da estátua que eu havia erguido em seu lugar.

A terceira que vez que meu pai morreu foi em Brasília, em 2014. Eu tinha cinquenta anos, trabalhava na Asa Sul. Precisei ir a um cartório para autenticar alguns documentos. Estava cheio de gente. Peguei uma senha, fiquei à espera. Tentei ler um livro em pé, mas algo me inquietava. É que atrás do balcão de atendimento, em outra sala aos fundos, um sujeito de cabelos brancos me chamava a atenção. Estava muito distante, eu mal o via, mas pude ouvir a voz do menino submerso: "É ele". Examinei o homem, que também me olhou, do fundo da sala e do tempo. Tive aquela certeza cega, tantas vezes provada, de que havia encontrado meu pai. Caminhei em sua direção e imediatamente compreendi o equívoco. Atrás do balcão não havia outra sala, havia um espelho. E aquele homem de cabelos brancos, tão familiar em sua decantada incompletude, era eu mesmo. Algo se quebrou no meu peito, estremeci, atravessado por lágrimas secas. O poço do quintal, o poço escuro que guardava a morte, fora aberto. Lá no fundo, vi meu rosto envelhecido: eu havia me transformado em meu pai. E o velho, finalmente, podia morrer em paz.

amnésia

Enquanto converso com o Miguel no balcão, ele prepara mais um café expresso. Desde que eu cheguei já tomou dois. Me pergunto como sobrevive com esse negócio. O bar está quase sempre vazio, e ele toma os cafés que deveria vender. Poderia ser pior, claro, se consumisse uísque, por exemplo, ou vodka. Mas o Miguel dá a impressão de que não bebe, embora eu possa ver nele as marcas de quem já conversou muito com as garrafas. Tem a fala mole, pausada. Sua expressão às vezes endurece ou se ausenta. Quando ri, não abre muito a boca, pra não mostrar os dentes que faltam. Deve ter uns cinquenta anos. Os olhos azuis me fixam de um lugar relativamente tranquilo, a que deve ter chegado depois de longa turbulência. Mas são só impressões, não sei quase nada sobre o Miguel. Sei que morou dez anos em Angola. Que acha aquele país ruim pra se viver. Que teve uma casa de jazz bem-sucedida em Setúbal, onde conheceu alguns dos maiores *jazzmen* do mundo. Agora, nesse bar de pé-direito alto e meio escuro do século XIX, parece o capitão de um navio obsoleto, abandonado pela tripulação. O interessante é que, mesmo assim, seu rosto tem o frescor de quem acabou de acordar. Pode ser o efeito da pele levemente rosada sob os cabelos brancos.

– Deve ser difícil não ter escolha, ele diz.

Não entendo, a frase não se encaixa na conversa. Mas logo percebo que ele se refere a algo que está passando na tevê, ao fundo do bar. É uma reportagem sobre as eleições no Brasil. Não preciso pensar muito para saber o que o Miguel quer dizer. Bolsonaro é um monstro, mas Lula também não presta. Há gente que pensa assim em Portugal. Pessoas que acreditam nas informações da mídia conservadora, calculadamente rasteira. Ouviram falar sobre a Lava Jato, mas não sobre a farsa político-jurídica que aquilo representou. Comparam Lula a Sócrates, o ex-ministro do Partido Socialista de Portugal, envolvido em crimes de corrupção e fraude fiscal. Não sabem mais nada sobre Lula, muito menos sobre o país em que eu vivi. E falam disso com convicção, como se conhecessem melhor o Brasil do que os brasileiros. De propósito ou não, ignoram o abismo que separa o ex-presidente democrático, que deu alguma dignidade ao povo brasileiro, do títere neofascista que nos empobreceu em todos os sentidos. Colocam os dois lado a lado, veem os eleitores num beco sem saída. Tento explicar a ele a diferença, digo que a escolha, para a esmagadora maioria da população, deveria ser clara, mas vem sendo obscurecida pelo perverso aparelho de comunicação da extrema-direita. Explico que fazem parte deste aparelho o púlpito das igrejas neopentecostais, o paternalismo coercitivo dos empresários, disparos industriais de *fake news*. Ele me olha e repete:

– Deve ser difícil não ter escolha. Não conheço o vosso país, mas deve ser difícil não ter escolha.

Fica tudo claro pra mim. Ele não se moverá de sua posição, não discutirá o assunto. Está impregnado de verdades inquestionadas, colhidas na superfície venenosa do mundo midiático em que vivemos.

Mais um robô, penso, desanimado.

Ultimamente, carrego esta impressão áspera de que converso ora com pessoas, ora com memes. As pessoas se questionam, são flexíveis, inquietas, vulneráveis. Buscam informações por trás das informações; desconfiam do lobo, de olho na possível estupidez dos cordeiros. Já os memes repetem *ad aeternum* a mensagem programada nos laboratórios ideológicos do capitalismo.

Miguel então me fala de Angola. Aos poucos, percebo o que está sugerindo. Acredita que as tribos originárias de lá são matilhas rivais que se entredevoram. Seus valores e costumes não se extinguiram com a colonização. Nunca sairão da barbárie. Tenta amenizar o que deve ser racismo e frustração de "retornado" (os colonizadores que foram expulsos ao fim da guerra colonial) com uma observação sociológica:

– Impusemos a eles uma nação que não havia. Não sabem viver como nós.

O preconceito mal se contém nas entrelinhas.

Recordo a violência física e cultural sofrida por eles com a invasão de Portugal, a barbárie europeia. Digo que a terra era daqueles povos, vivessem como vivessem. Miguel, num tom que busca a humildade, replica que, se o processo colonial foi saguinolento, é porque os homens lançados ao mar eram os piores portugueses daquele tempo. Bandidos, assassinos, aventureiros.

– Talvez os piores tenham ficado, digo.

Ao nosso lado, uma mulher cai numa gargalhada. Miguel faz um rodeio e muda de assunto. Me conta suas proezas como produtor musical. Já fez shows com Salvador Sobral, Paulo de Carvalho e... (não entendo o nome de um "músico latino que ganhou um Grammy"). Elogio sua trajetória. Ele ri como um garoto orgulhoso, desta vez sem esconder o teclado dos dentes. Pelo que me conta, avalio quanto dinheiro ganhou.

Deve ser um balúrdio, como dizem por aqui. Não terá sobrado algum para arrumar os dentes? Vai ver ele gosta de conviver com seus buracos. Já vi isso antes. Pessoas em boas condições financeiras que vão se abandonando. Como se algo dentro delas quisesse sabotar as aparências. Gente comum, burguesa, vivendo um incêndio invisível, silencioso.

Pago a conta. Miguel me cumprimenta, segurando a minha mão entre as suas. É um sujeito afetuoso, há doçura sincera no homenzinho. Deve ser por isso que sempre volto. Além disso, eu não poderia ir muito longe se não conversasse com os memes. Não era assim também no Brasil?

Saio do bar e, à beira do Tejo, ouço alguém me chamar. É a mulher que deu a gargalhada. É baixinha, tem um olhar tímido, vivo. Os cabelos cheios desenham uma pirâmide que vai da cabeça aos ombros. Segura a bolsinha diante da barriga, aflita. Uma ousadia cercada de medo faísca em seus olhos.

– O que nós fizemos em África foi genocídio, diz ela numa voz baixa, mas forte, que me surpreende. Essa gente tem amnésia?

A mulher sorri sem jeito, me deseja boa noite. Vai embora num passinho contido. Só precisava me dizer isso. Mas não quis falar diante do Miguel. Não teve coragem ou achou inútil, vá saber. Acendo um cigarro, suspiro a fumaça.

Ó lua que flutua sobre a ponte 25 de Abril! É preciso dizer essas coisas em voz alta, para todos, não é? O que mais nos resta? Se continuarmos conversando pelos cantos, daqui a pouco só os memes terão voz.

O olho branco da lua, de bruxa milenar, me olha com ironia: "Talvez seja tarde", parece sugerir.

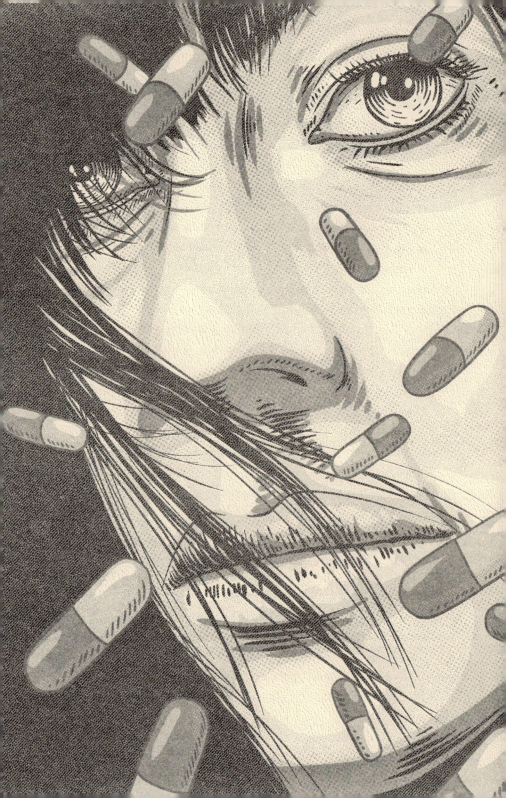

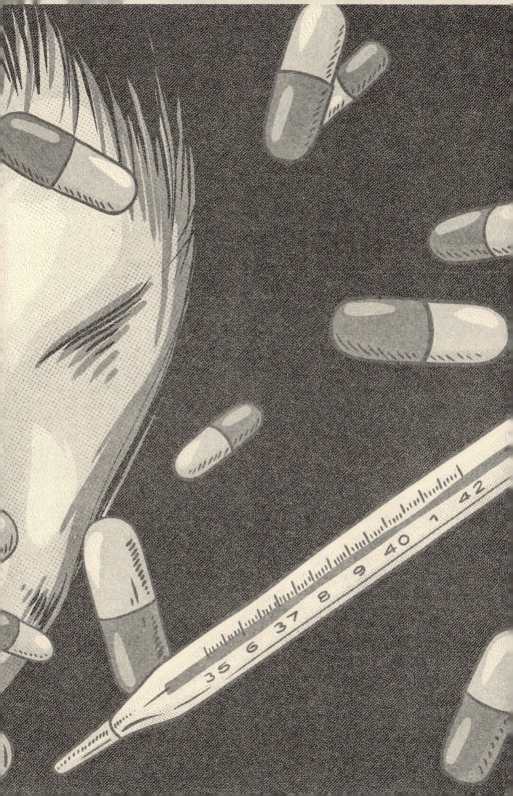

súcubo

Gripe forte. Dias e dias com febre, acessos de frio. Dor no corpo de tanto ficar deitado. Trocando as camisetas empapadas de suor, comendo qualquer coisa, sem fome, sem sentir o gosto de nada. Os olhos doem no fundo das órbitas. Não consigo ler nem ver um filme, só penso, farrapos de pensamentos que não se completam. Ibuprofeno, Ben-u-ron. Viro de um lado, depois de outro, de costas, de frente. Me cubro, me descubro. Apoio a cabeça numa almofada, depois em dois travesseiros, depois em um, o pescoço arde de tanto ficar arcado. Lembro do meu filho no outro lado do oceano, indo para a faculdade, para o trabalho, uma saudade funda varre o meu peito, parece o vento de outono que assola o terraço lá fora. Chove forte desde ontem, portas e janelas tremem, estalam aos socos do vento, as agulhas da chuva tamborilam no telhado, nos vidros. Não vejo meu filho em pessoa há muito tempo, não aguento mais falar com ele só por aplicativo. Preciso ir ao Brasil e abraçá-lo com força, sentir o seu cheiro, preciso tanta coisa, terminar meu romance, cuidar da editora, escrever uma crônica. "Está quieto", diz Rute, mas eu vou até a cozinha, bebo água e mais água, não aguento o peso da testa, dos ombros, volto para o quarto. A cama a essa altura já é o convés de um barco varrido pelos meus ventos internos, oscilando ao sabor das ondas de frio e calor, dos pensamentos intempestivos. Rute troca os lençóis, eu tomo banho, mas não adianta, logo me sinto pegajoso de suor, me coço todo, principalmente a barba, principalmente a nuca. Durmo a qualquer hora, acordo de dia, acordo de noite, tanto faz, sempre falta clareza, tudo é turvo. Meu filho mais velho está tão longe, e os outros, como estarão lá, do outro lado do rio? Há quantos dias estou aqui? Posso perder os trabalhos, eu já devia ter entregue pelo menos dois livros editados este mês, preciso falar com o distribuidor, com algumas livrarias, é tão difícil publicar livros, pouca gente lê hoje em dia, mas onde, onde está Rute? Tenho que melhorar as leituras públicas dos meus textos, ensaiar mais, divulgar mais a minha obra, gostei do jeito que li no Sarau Profano, aquilo ficou bom. O tempo urge, meu Deus, tenho cinquenta e oito anos e a vida passou com uma fúria cegante, um turbilhão de equívocos, intrigas, problemas, desastres de amor, trabalhos vazios que não deixaram rastros, pelo menos escrevi aquele filme, a atriz ficou tão bem no papel principal, o poema sobre o cão também não ficou mal, aquele crítico elogiou, e você tem os seus filhos, belas pessoas, tão queridas, para onde foi a Rute? Sinto como se tivesse perdido o amor pelas coisas, vivesse por hábito, por vício, em alguma curva da estrada deixei cair a alegria do meu riso – este travesseiro é muito baixo, a almofada muito alta, puxo o lençol e dois cobertores, jogo tudo de lado, encharcado de suor, depois sinto os pés gelarem, arrepios sobem pela coluna – e me dói o Brasil, o Brasil foi dominado pelos bárbaros, pela barbárie, a violência come solta, Lula precisa ganhar, o povo precisa acordar do pesadelo fascista – Portugal também não resolve nada, tantos burgueses, tantos conservadores de esquerda e de direita, tantas almas velhas, tanto egocentrismo, a Europa velha de rapina e o Brasil bárbaro violento se misturam, parece não haver saída –

– onde estou? Ibuprofeno, Ben-u-ron, os médicos disseram que não podem fazer nada a respeito, uma gripe comum, é ficar na cama, Rute troca os lençóis novamente, equívocos, só equívocos e intrigas e problemas, desastres de amor, meu filho vai para a faculdade, os outros andam por Lisboa com seus amigos, não querem saber de gente mais velha, é assim mesmo, as árvores renovam suas folhas para recompor a primavera, sou a folha amarela, meu papel agora é cair, aos poucos, desprender-me da haste – para que li tantos livros? Todas as leituras se esvairão comigo, mas foi tão bom, tem sido, vivo melhor nos livros, nos textos que escrevo, mas tenho que melhorar minhas leituras públicas, foi muito boa aquela no Sarau Profano, acertei o tom, não me contive nem me derramei. Puxo o lençol e as cobertas, ainda tremo, vejo seios e nádegas e quero abocanhar tudo, mas me escapa, vejo ao longe um ventre que me excita até a exasperação, peço o edredom, trinta e nove e meio, penso nos que escrevem difícil para parecer profundos, penso no nariz empinado da Europa depois da pilhagem oceânica, penso nos ratos roendo o Brasil, ratos pastores, ratos milicianos, ratos jornalistas, ratos de gravata no senado na Câmara na presidência, meu país doente, meus desastres de amor, intrigas, não sinto o gosto de nada. Rute me examina, carinho e paciência, ela tem uma paciência admirável, sou sempre tão excessivo, disperso, deslocado, quero substituir este mundo pelo que invento, não dará certo, aqui é o chão e estes são seus pés, trate de olhar pelos outros, os livros não sofrem nem te estenderão a mão, jogo os travesseiros no chão, bebo litros de água, esta cama, meu corpo é um barco, me nauseia e anda a deriva, onde estou, como vim parar aqui, ainda agora eu era jovem, concebia um caminho, concebia um homem, um futuro, agora o quê? Tenho que lançar o meu terceiro e o meu quarto livros, estão prontos, são bons, por que me saboto, preciso divulgar mais a minha escrita, jamais desistir, prosseguir, há vida lá fora, entre as pessoas, se eu pudesse ler, se pudesse completar um pensamento, escrever, meu queixo treme, este quarto é qualquer quarto e nunca fui além das minhas próprias paredes, não para de ventar há dias, fora de mim, dentro de mim, as portas e janelas tremem, o tempo está feio, meu corpo está feio, meu país está feio, onde foi que deixei o termômetro, onde foi que deixei a esperança? Vou derreter, vou sumir nesta cama anônima, nesta vida anônima, como o Giovanni Drogo do Deserto dos Tártaros, como minha avó, como a avó de minha avó, elas sumiram, ninguém permanece, a vida é este hausto dolorido, vir à superfície por um breve momento e depois afundar novamente no abismo, cadê o travesseiro? Sonho com ladrões, assassinos, uma criatura demoníaca linda que me acaricia e quer me destruir, acordo, durmo, migro de sonho em sonho sem jamais chegar inteiramente à realidade, então –

– então durmo fundo. Não sonho com nada. Acordo. É dia. Pego o celular, quase uma da tarde. Estou moído, mas já não me sinto confuso. Já não tenho febre, os pensamentos estão serenos, embora lentos, meio líquidos. Estou com fome, quero andar, ver a paisagem lá fora. Deixo a cama, uma borboleta ainda trêmula que abandona o casulo, agora seco, duro, vazio. Eu estava ali, fui aquilo, aquele ser rastejante, horrendo. Olhos os lençóis amarrotados, as enormes bulas de remédio desdobradas, o termômetro fora do estojo. Farelos no chão, roupas molhadas, penumbra viciosa. Abro as cortinas, a janela, deixo o ar novo entrar. Me sinto fraco, mas curado. A doença, penso, a caminho da sala, a morbidez entrou em mim como um espírito. Um súcubo. Me possuiu, me sacudiu, desorientou. Virou meu corpo do avesso. Alterou o tempo, o sentimento do mundo. Vivi o expressionismo da carne em chamas. Foi uma experiência estética. No teatro do corpo, isso não deixou de ser uma experiência estética. Doença também é linguagem, penso, e cravo os dentes numa maçã.

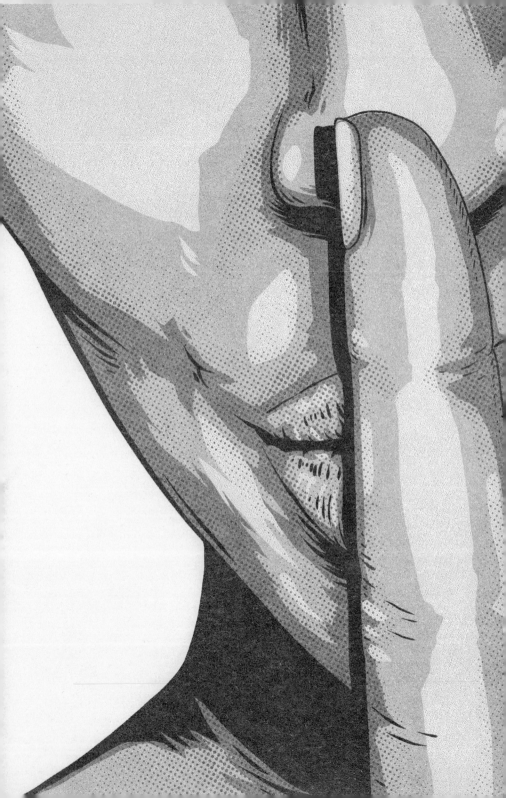

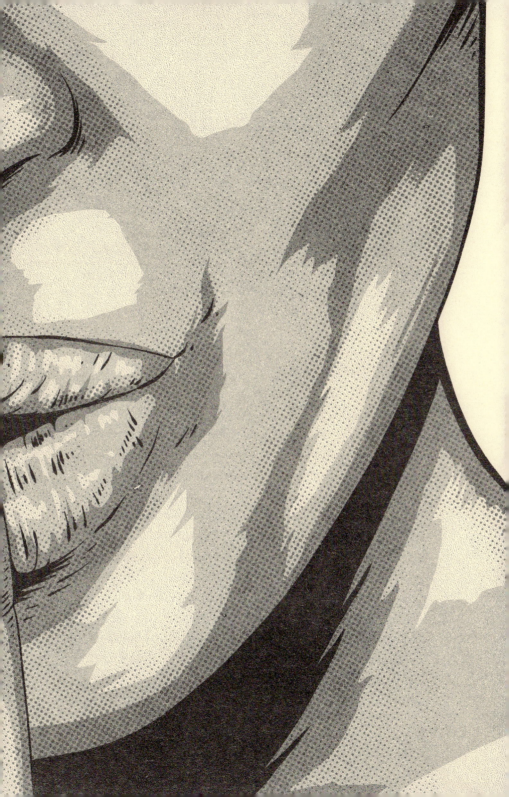

o silêncio

As pessoas me enviam originais de livros por e-mail. Meu trabalho, como editor, é avaliar se esses originais são publicáveis. Vem de tudo. Alguns são tão ruins que nem sei o que dizer ao autor. Escrevo uma resposta breve e me despeço cordialmente. Outros entram na categoria dos razoáveis, e aí eu preciso ver se, mexendo aqui e ali, o autor poderia tornar o texto mais interessante. Mas há os que são bons e estão praticamente prontos para a edição. E pode acontecer de eu me deparar com um texto excepcional, um texto que salta da página, como um golfinho literário. Nessas horas eu me ajeito na cadeira, olho em volta como se quisesse contar a alguém o que estou vendo. Não é todo dia que a gente vê um golfinho. É um momento tocante. Na verdade o editor independente, quando descobre um grande texto, chega a ficar comovido. Ele se enternece com o seu trabalho sofrido, que afinal não é tão ruim assim. Valeu a pena ficar em feiras de livros pescando os leitores que não vieram só comprar o último livro do escritor *pop*. Valeu a pena ter paciência com autores que se consideram o novo Fernando Pessoa e não entendem por que o mundo não se ajoelha aos seus pés. Valeu a pena ouvir o bom livreiro antigo, decadente e ranzinza, reclamando das lojas que agora vendem livros como se fossem sapatos. Valeu aguentar os gerentes dessas lojas torcendo o nariz para a obra de um verdadeiro escritor, porque ela não venderá como os sapatos da moda. Valeu, valeu a pena: ali está o golfinho. Ele foi visto, seu milagre não voltará desconhecido ao abismo que o criou. Talvez poucos saibam apreciar a sua beleza, mas, graças ao trabalho do editor, o mundo saberá que ele existe.

É raro, mas acontece. Comigo, na verdade, aconteceu apenas duas vezes em dez anos nessa área. A última foi há uns meses atrás. Era o romance de um escritor brasileiro que, como eu, vive em Lisboa. Pela breve biografia que me enviou, soube que não era jovem e nunca havia publicado nada. Mas era evidente que, na invisibilidade do anonimato, havia desenvolvido um estilo todo próprio, que consistia numa prosa seca, irônica, ventilada às vezes por uns sopros de lirismo. Me lembrou o Mario Benedetti de A Trégua, com momentos de desassombrado absurdo kafkiano. Comemorei a aparição em segredo, gozando por antecipação a reação que ela causaria nos leitores mais exigentes. A história era boa, mas o que sobressaía ali era a linguagem, o modo como o narrador explorava o vazio do protagonista num mundo fútil e volátil. – E aqui preciso fazer uma digressão: uma vez uma senhora de Cascais me disse que sua vida daria um livro. Sem dizer nada a ela (porque me pareceu uma dessas mulheres ricas, tolas e impermeáveis a quem não adianta dizer nada), pensei que essa é uma suposição de quem não sabe ler. Qualquer vida dá um livro. A vida de uma mosca dá um livro. O que importa é a linguagem, o olhar que conformou o estilo. Joyce escreveu uma obra-prima sobre um dia qualquer na vida de um grupo de pessoas comuns. Ulysses é um prodígio *do estilo*. Escrever bem não quer dizer contar uma coisa extraordinária (embora isso possa fazer parte de uma boa narrativa). Escrever bem é contar extraordinariamente uma coisa qualquer.

Voltando ao segundo golfinho. Dias depois de descobrir aquele texto, liguei para o autor. Mostrei minha admiração pelo livro que ele havia escrito. O sujeito falou muito pouco, mas acabamos marcando um café. No dia combinado ele teve algum problema, remarcou nosso encontro. Depois remarcou de novo. Até que, numa tarde fria e chuvosa, finalmente fui vê-lo. Era no café que fica nos fundos da livraria Bertrand do Chiado. Pedi um café cheio, me sentei num canto e fiquei esperando.

O homem chegou com meia hora de atraso. Era um sujeito baixo, de uns quarenta anos. Sentou-se à minha frente, enfiou as mãos entre as coxas e me ofereceu o sorriso fixo de um boneco quase sinistro. Seus olhos vivos eram bolas de mercúrio, tremiam ao contato da realidade. Conversamos sobre Lisboa, sobre a beleza da cidade e o conservadorismo dos portugueses. Ele também havia saído do Brasil quando o fascismo tomou conta do país, também não pensava em voltar. Tirei o computador da mochila e li alguns trechos do livro dele. Repeti algumas frases com prazer. O homenzinho ficou satisfeito, coçou o nariz, mas não disse nada. Foi ao banheiro e, quando voltou, me disse que havia sido dono de uma empresa de eventos em São Paulo. Nunca mais queria fazer aquilo. Durante anos tinha escrito à noite, depois do trabalho infernal. Trabalhar era infernal, o trabalho desconfigurava a alma das pessoas. Para sair "desse materialismo estúpido" (ele fez um gesto com a mão mostrando o que estava à nossa volta), a humanidade precisaria trabalhar muito menos. Ainda mais no Brasil, onde ninguém respeita o horário de trabalho. Eu quis voltar ao tema do romance dele, mas o escritor preferiu falar sobre o ódio. Me disse que as pessoas agora se odiavam civilizadamente, no limite da barbárie, porque no fundo detestavam a civilização. Era por isso que o fascismo ia de vento em popa. Me contou que estava em Portugal com a mulher e o filho para "mudar de ares", embora isso não adiantasse muito. Não era possível fugir da globalização do vazio.

Eu gostava cada vez mais do sujeito. Era honesto, áspero, não se deixava levar pelo nariz. Fiquei entusiasmado:

– Vamos publicar o seu livro?

Ele pediu água mineral à garçonete. Cruzou as mãos sobre o tampo negro da mesinha. As bolinhas de mercúrio ficaram duras.

– Para que publicar um livro?

Fiquei quieto, aguardando a conclusão do raciocínio. Era a primeira vez que um escritor me perguntava isso. Ele percebeu a minha surpresa.

– As livrarias estão cheias de livros... O meu vai ser mais um entupindo as estantes.

Quis saber por que escrevia então. Ele ficou só me olhando. Continuei:

– Tudo bem, você pode só gostar de escrever. Mas por que me enviou o livro?

Ele continuou a me olhar. Pediu desculpas. Achei que talvez estivesse com medo de perder a liberdade de autor anônimo. Dali a pouco superaria esse medo e falaria sobre o contrato. Mas isso não aconteceu. O homem se desculpou novamente, meio embaraçado, despediu-se e foi embora. Nunca mais ouvi falar dele.

Às vezes leio de novo algum parágrafo do seu romance e me questiono sobre o direito que ele tem de esconder uma maravilha assim. Mas no fundo sei que não é isso que me incomoda. Todos os dias vou à luta para encontrar por aí um bom escritor. E lá em Lima ou Quioto outro editor faz a mesma coisa. Juntos, nós entupimos o mundo de livros. Mas eles não são necessários, eles não nos libertam do pesadelo da vida? Qual seria a vantagem de vivermos num mundo sem literatura, entregues à mera materialidade do drama? As boas narrativas, os bons poemas, eles, eles... eles são fundamentais! Eles sublimam a lama do cotidiano, fazem a gente refletir sobre miséria e injustiça, permanência e impermanência... desenvolvem espíritos críticos, esteticamente sofisticados, humanistas. Ou o quê? Devíamos cruzar os braços como Bartleby, o escrivão de Melville, que vai ao trabalho para não fazer nada? "Eu preferia não fazê-lo", diz Bartleby sempre que alguém lhe pede para agir. Isso é uma coisa irracional e, como disse Borges, "basta que um único homem seja irracional para que os outros também o sejam". Até a tragédia é melhor do que o niilismo. Que a humanidade exploda de tantas palavras, o que não podemos, o que não devemos é ficar de braços cruzados. Devemos? Para quê?

Desde que o homenzinho se negou a publicar seu livro, penso no silêncio. O silêncio como resposta à gritaria geral. Penso na Elisabeth Vogler de Persona, do Bergman. Uma atriz que já não quer representar, falar. Uma atriz muda, considerada doente, que fascina e desespera Alma, a enfermeira designada para cuidar dela. Eu e aquele escritor somos Elisabeth e Alma. Mas eu, a enfermeira, pelo menos sacudo a cabeça, entro na gritaria, represento aliviado o meu papel.

Outro dia fui assinar contrato com uma poeta de Açores. Ela estava animada, planejou o lançamento, quis saber como seria a distribuição. Lemos alguns dos seus poemas, falamos de Herberto Helder, Mário Cesariny, Manoel de Barros. Ao final do encontro, ela tirou uma foto comigo. Mas quando me mostrou a foto (nós dois sorrindo, naquele mesmo café da Bertrand), por um instante me lembrei do autor niilista. Era como se os seus olhos febris me olhassem do fundo escuro da imagem, pelas nossas costas, dizendo em silêncio:

– Para que publicar um livro?

o menino invisível

O amigo me contou que seu filho adolescente anda com sérias dificuldades para fazer amigos na escola. Não fala quase nada sobre isso, mas dá a entender que se acha pouco importante para os outros. Essa suposta invisibilidade tornou-o inseguro e arredio. Deu para se coçar, pequenas feridas começaram a lhe aparecer no rosto e nos braços. Deixou o cabelo crescer para esconder o pescoço e a cara, passou a usar mangas compridas, luvas. Os pais conversaram com os professores, com outros pais que tiveram problemas semelhantes, em busca dos melhores conselhos para ajudá-lo a superar as dificuldades. Mas o garoto só piora. Recentemente aconteceu algo que o deixou arrasado. Ele e alguns rapazes da escola foram a um *fast food*. Na hora em que fizeram os pedidos no balcão, ficou por último. Quando finalmente se dirigiu à mesa onde todos estavam reunidos, não havia ninguém. Tinham pressa porque a aula ia começar, ele disse ao pai. Mas a questão era que haviam se esquecido dele. Ou tinham feito aquilo de propósito? De um jeito ou de outro, aquilo foi uma paulada na sua baixa autoestima. Chorou muito em casa, disse que não ia mais para a escola. Decidiram encaminhá-lo a um terapeuta.

– Ele é tímido, sensível. Não é desses garotos que jogam futebol, sobem em árvores, saem na porrada. E a garotada não perdoa, tira sarro. Faz *bullying*, disse meu amigo.

Conversamos sobre os conceitos vulgares de fraco e forte, tão distantes do que uma sociedade evoluída poderia chamar de força e fraqueza. Ele me falou da inteligência do filho, de como era afetuoso, mas deixou transparecer uma sombra de preocupação quanto ao lugar dessas coisas num mundo de machos primitivos. Ao mesmo tempo, eu sabia, jamais diria ao filho para pegar uma clava e bater na cabeça dos bisontes.

– A gente vai ter que ajudá-lo a encontrar o seu próprio caminho, disse. E suspirou, cansado de tudo.

Quando desligamos, fiquei pensando no garoto com uma afeição melancólica, como se me visse num espelho. Há cinquenta anos atrás, eu também me achava invisível. Vivia numa atmosfera abstrata, em permanente descompasso com a realidade. Jogava futebol tão mal que ninguém me passava a bola. Via de longe o sangue jorrar da cara dos moleques briguentos, cerrando os dentes de pavor e asco. Olhava um caminho atrás de mim muito surpreso de tê-lo atravessado. E quando algum adulto me dirigia a palavra, ficava tão surpreendido que empalidecia. Do meu lugar de fantasma, respondia a suas perguntas inseguro, achando difícil que me ouvissem. Era como se eu estivesse por trás do meu corpo a pedir desculpas por sua omissão ou inconveniência. Disso resultava às vezes uma ansiedade desproposital, que me fazia dizer coisas fora de contexto, chorar por uma agressão inventada, ficar indiferente a uma notícia trágica. Falava da morte como se tivesse saudade. Demorava para dormir, temendo os monstros que aguardavam a noite para me atacar. Um dia me perguntaram de que comida eu mais gostava. Não soube dizer, eu nunca havia pensado nisso. Adorava comer, de forma geral, mas com um prazer inespecífico. As cenas de violência não se dissipavam. Um tio me ergueu no ar empunhando minha camisa e, quando me largou, não parei de cair. Fiquei caindo da fúria implausível daquele tio durante anos e anos. E quando numa manhã tediosa de chuva, todas as crianças trancadas em casa, dei um soco na cara do meu irmão, fiz isso como se batesse num repolho. Ninguém existia de fato. Aquilo tudo era mentira, trapaça, teatro, a qualquer hora a verdade invadiria o palco, a plateia perceberia o engano.

Se o meu corpo era o sol, eu era a névoa. O corpo era a verdade escondida na névoa. Uma verdade que permaneceria assim, obscura, até boa parte da fase adulta. Quando, quase destruído por esse descompasso, finalmente cheguei a mim mesmo, ao meu ser de carne e osso, me enchi de espanto com o fato de não ter sumido em tanta dispersão. Às vezes ainda apalpo os pés, feliz por eles serem capazes de reconhecer o chão.

Não sei dizer se isso tudo aconteceu devido a um trauma qualquer ou se minha natureza era assim, mais impalpável. Talvez as duas coisas. Não sei, mas já não importa. O que importa é que eu também fui invisível, como o filho do meu amigo. E um dia, exausto de viver longe da minha própria matéria, me tornei real.

Só espero que aquele garoto não demore tanto a conhecer a sensação reconfortante de ter onde pousar suas dores e prazeres. Tomara que ele logo tenha um corpo, pesado, rasteiro, falível. Deliciosamente mortal.

fronteiras

1.

Quando fui a Miranda do Douro, uma amiga me perguntou se eu queria ver o rio de perto. Entramos no carro dela e descemos o planalto. Lá em baixo, paramos diante de um trapiche. Caminhei por ali meio tonto com aquela beleza toda. O Douro surgia de uma curva entre paredões de pedra, depois seguia em linha reta até encontrar uma ponte. As águas negras, acetinadas, tinham a lentidão de um espírito antigo da terra. Um pássaro planou sobre os penhascos, e minha amiga me disse que era uma águia. Perto de nós, algumas árvores se debruçavam sobre o rio, como que atraídas pela fluidez. Me sentei no trapiche e vi pequenos peixes prateados que sumiram na água escura, feito faíscas.

"Deste lado do rio é Portugal, do outro já é Espanha", me disse ela. Perguntei onde ficava exatamente a fronteira. "Passa bem pelo meio do rio." Tentei fazer uma linha imaginária, dividir as águas. Mas o rio, obviamente, corria inteiro. Passava solenemente por cima dessa nossa ideia de ver a terra como um quebra-cabeça de nações mais ou menos hostis.

Um homem num caiaque veio vindo da represa, em lento zigue-zague. Ora estava na Espanha, ora em Portugal. Mas o sol não mudava de língua ou costume, e batia na sua moleira como fez com os soldados cartagineses e romanos que um dia se digladiaram na disputa por esses territórios.

O caiaque entrou no desfiladeiro. Na base dos paredões de pedra, ficou minúsculo e, lentamente, sumiu na curva.

2.

Fui a um bar encontrar o poeta. Cheguei antes dele, no exato momento em que um rapaz estava abrindo as portas do boteco. Como não conhecia o lugar e não havia placa na fachada, procurei a mensagem que tinha recebido com o endereço e perguntei:

— Aqui é o bar tal, rua das Fontainhas número tal, Alfama?

O rapaz arregalou os olhos:

— É aqui, mas não diga isso!

— O quê?

— Alfama. Aqui é Mouraria, não Alfama. Uma está ao lado da outra, mas são coisas completamente diferentes.

Eu sabia que Alfama fica de um lado do Castelo de São Jorge, Mouraria do outro. Já havia andado pelos dois bairros diversas vezes, mas, distraído como sempre, não questionei a informação que recebi na mensagem do poeta. Mesmo assim perguntei qual era a diferença, para saber por que o rapaz tinha se espantado tanto. Ele abriu os braços, como se fosse óbvio, e repetiu:

— São completamente diferentes!

Quando o poeta chegou, contei o que tinha acontecido. Ele, que é lisboeta, riu sem nenhuma surpresa. Me explicou que Alfama tinha sido o bairro dos mouros, quando eles dominavam Lisboa. Já a Mouraria havia surgido depois da reconquista cristã. Dom Afonso Henriques usara o lugar para confinar os muçulmanos derrotados.

– Ou seja, na Alfama o mouro sobe, na Mouraria o mouro desce, brinquei.

Ele suspirou e disse que essas coisas haviam acontecido há muito tempo. As diferenças (essa e outras) tinham ficado na cabeça das pessoas como algo que herdaram e não questionam mais de onde veio. Depois disse que, já no século dezenove, Alfama, Mouraria, "isso tudo era unido pela pobreza e pelo fado".

O fado, pensei mais tarde a caminho de casa. O fado que no começo era cantado por marinheiros, que cresceu nas tabernas, nos bordéis, nos ambientes de orgia e violência dos bairros mais pobres de Lisboa. O fado que atravessou as fronteiras de classe (como o samba, como o tango, como o blues) e agora é cantado nos teatros da elite, entre suspiros e lágrimas de uma identidade nacional profunda. Mas bem vestido, sem o cheiro original de azedume de vinho ou perfume de puta. Limpo, sóbrio, sublimado. Do povo ficou só o lamento de um corpo apagado.

3.

Estou no Aldi do Barreiro. Logo vão fechar as portas, o supermercado está quase vazio. Passo as compras pelo caixa, vou colocá-las numa sacola quando começa a confusão. A cliente que está atrás de mim grita com a funcionária do caixa. Quer saber por que o segurança está perseguindo o último cliente que entrou. Olhamos, a funcionária e eu, para o corredor em que o segurança caminha, dissimuladamente, atrás de um homem africano.

– É só por causa da cor da pele? Se fosse um branco ele desconfiaria de alguma coisa?

A funcionária olha com firmeza para a cliente e diz que o segurança está apenas "a fazer o seu trabalho". É branca, como eu, o segurança e a mulher que reclamou.

– Racismo! Estou farta disso.

O segurança, que parece ter ouvido a discussão, mudou de rumo. O cliente preto olhou rapidamente para nós, depois seguiu fazendo suas compras. Sabia que até mesmo quem o apoia pode representar perigo. E se refugiou entre maioneses e refrigerantes, fazendo o possível para se tornar invisível.

4.

No dia 19 de janeiro, a travesti brasileira Keyla Brasil invadiu a peça "Tudo sobre minha mãe", que estava sendo representada no Teatro São Luiz, situado no coração de Lisboa. Keyla, só de calcinha e botas, subiu ao palco e reclamou do fato de uma personagem da peça, a transgênero Lola, estar sendo representada por um ator cisgênero. O coração de Lisboa, acostumado às transgressões da arte mas não aos gritos da realidade, deu um pulo. A produção desceu as cortinas, alguém na plateia pediu respeito aos atores. Keyla, no tom agressivo que precisa usar para enfrentar homens violentos na noite, fazia seu discurso:

– Por que não contratam pessoas trans para fazer as personagens? Sabem por que eu trabalho como prostituta? Sabem por que eu tô chupando pau como a Lola? Porque nós não temos espaço para estar aqui neste palco, neste lugar sagrado!

Os seios de Keyla vibravam ao ritmo das palavras, como antenas de um sismógrafo. Houve aplausos, gritos de apoio. Keyla se curvou em agradecimento e, ao erguer-se, jogou sua vasta cabeleira para trás.

Foi grande a repercussão desse episódio na mídia.

As opiniões do público se dividiram. De um lado, os que acharam violenta a invasão e defenderam a profissão de ator, na qual a liberdade de fazer qualquer papel é básica. Os mais moderados dentre esses diziam que Keyla devia ter sido mais educada; os mais radicais revelaram xenofobia, homofobia e preconceitos de classe, chamando-a de "favelada", "paneleiro" e "ignorante".

De outro lado, os que acreditam que não se pode fazer omelete sem quebrar os ovos, ou seja: na luta feroz pela igualdade, não há revolução fofa. Alguns lembraram que Keyla tinha sido muito educada perto do modo estúpido como é tratada nas ruas.

O que impressiona é que, para muita gente bem pensante, a reflexão sobre as questões de gênero da peça de Samuel Adamson ficava bonita e inteligente na moldura do palco. Diante da súbita aparição da realidade em que a peça se baseia – Keyla de calcinha, chibatando o ar burguês do teatro com sua cabeleira –, essa mesma gente torceu o nariz democrático. É como se pensassem: "Isso tem um limite. Não vá agora a vida querer imitar a arte".

O ator que fazia o papel de Lola foi substituído por uma atriz transgênero. Declarou à imprensa que era favorável à igualdade de oportunidades, mas sentia-se "violentado e castrado".

Kelly, frente às ameaças que recebeu depois do episódio, teve que sair de Lisboa.

o quintal

Logo depois que meu pai morreu, minha mãe percebeu como era frágil a sua situação. Tinha quatro filhos, era jovem, pobre, nunca tinha trabalhado. Além disso, havia problemas nos papéis do meu pai que a impediam de receber uma pensão, pelo menos a curto prazo. Na época eu estava com seis anos, não compreendia nada disso. Só sentia a tensão no ar e aguardava que me dissessem o que iríamos fazer. Porque era óbvio que algo precisava ser feito. Quase não havia comida, faltava até papel higiênico; vivíamos da bondade dos vizinhos.

Foi nessa circunstância crítica que minha avó, sem nos avisar, apareceu um dia à nossa porta. Viera de Porto Alegre a Curitiba para nos buscar. Minha mãe, que gostaria de manter a independência conquistada, teve que se render. Não ficou feliz com isso, pelo que me disse mais tarde, embora se sentisse aliviada. Sua mãe era muito autoritária e ela não queria levar aquele peso todo para os pais, que já entravam na velhice. Mas não havia outro jeito.

Alguns dias depois, estávamos em Porto Alegre. Fomos morar na casa que, vida afora, seria a única que me traria lembranças luminosas, quase fabulares. A casa da rua Arapongas, 212.

Ao contrário dos nossos, sempre temporários, precários, caóticos, o lar dos meus avós tinha a calma de uma família estável e bem organizada. Cada móvel, cada bibelô, cada tapete estava em harmonia com as outras coisas, em muda e decantada disciplina. Respirava-se o cheiro agradavelmente amargo do assoalho encerado e dos móveis lustrados com óleo de peroba. Tudo reluzia. Na cristaleira flutuavam, entre espelhos, as taças e os cisnes de cristal. Poltronas de veludo verde, com toalhinhas de crochê nos braços, voltavam-se para a mesa de centro, em que um cinzeiro de vidro lilás lembrava uma medusa no fundo de águas claras. A dispensa era grande, as provisões (pacotes, latas, vidros de conserva) entupiam as prateleiras até o teto, de onde uma claraboia despejava luz sobre o nosso futuro.

Aos poucos a sensação anterior, de uma insinuante e constante ameaça, foi dando lugar aos movimentos mais indolentes de uma vida sem percalços. Mais tranquilo, livre para as despreocupações da infância, pude me concentrar plenamente nas minhas brincadeiras. E comecei a procurar o melhor lugar para assentar as cidades imaginárias que eu fazia para os meus carrinhos e bonecos.

A casa, que não era muito grande, agora estava sempre cheia de gente. Meus irmãos, mais velhos, dominavam o quarto. E as mulheres viviam me enxotando da sala e da cozinha. Tudo me levava ao quintal.

Logo descobri que era um lugar perfeito, frequentado apenas por um vira-latas tristonho. Junto das cercas havia hortênsias altas como arbustos, embaixo das quais eu podia abrir estradas sinuosas contornando os caules. E quando me cansava de me arrastar pelo chão empurrando os carrinhos, virava uma tábua ou toco podre para admirar o visgo cintilante de lesmas e minhocas se retorcendo ao sol. Ou explorava o caquizeiro, uma árvore não muito alta que parecia esculpida para um menino escalar seus galhos e inventar prodígios de piratas, espiando de passagem as atividades da vizinha entre anões e cogumelos coloridos. A imaginação, ali, não carecia de elementos para se expandir. E, com uma espada de cabo de vassoura em punho, até o vira-latas eu transformava em cavalo, embora ele desse apenas dois passos antes de empacar sob o meu peso.

Numa das laterais do quintal havia uma parreira. Na ponta dos pés, eu alcançava as uvas que pendiam dela, doces dádivas da terra, que só me pedia em troca a oração do meu prazer. Era ali, embaixo da parreira, que eu gostava de ficar sentado, numa cadeira velha respingada de tinta de parede. Desse trono, sobre o chão arroxeado pelas uvas que caíam, abriam o olho e apodreciam, eu ouvia chegarem os murmúrios, gritos, canções, choros e risos que vinham do interior da casa e se dissipavam entre as árvores, me garantindo que eu não estava só mas não precisava fazer parte de tudo. Adorava aquela cadeira. Era o centro de gravidade do qual podia ver um carrossel de imagens, reais ou não, girando lentamente em torno de mim. Era o centro dessa experiência estética sem fins autorais ou lucrativos que faz de toda criança um Michelângelo liberto das pretensões da arte. (Algumas vezes fiquei em pé sobre ela e fui o maestro de uma orquestra imaginária, cujos melhores violinistas eram os galhos com seus arcos de vento.)

Foram dias belíssimos. Fugiam ao tempo do relógio. Tinham um sol fixo no centro, um sol que subitamente tombava no horizonte. Era quando minha mãe me chamava da janela dos fundos. Eu ia devagar para o banho, para o jantar, para as horas aflitivas no escuro povoado de fantasmas, à espera das vagas navegações do sono e, mais além, da chegada à outra margem, onde me aguardava o lume brando, que eu não sabia eterno, daquele majestoso quintal.

Muitos outros quintais surgiram no meu caminho. O quintal do adolescente melancólico que via as pontas de enormes eucaliptos escreverem no céu sua possível carta de alforria. O quintal dos churrascos do jovem marido, frequentado por amigos ruidosos, todos embriagados com o furor banal dos dias. O quintal do homem quase velho, mais grave e sereno, em que vi se aproximarem os primeiros frios da minha substância provisória.

Mas nunca, em tempo algum, houve um quintal como aquele, na casa da rua Arapongas, 212...

sobre o autor

Marcos Pamplona (Curitiba, 1964) é poeta, cronista e editor. Seus poemas foram selecionados em três edições do Prêmio Off Flip de Literatura, integrando as coletâneas de 2006, 2008 e 2010. Publicou o livro de poemas *Tranverso*, pela Kotter Editorial, em 2016; e o livro de crônicas *Ninguém nos Salvará de Nós*, também pela Kotter, em 2021. Vive em Lisboa. Desde abril de 2019 escreve crônicas para o Jornal Plural.

Este livro foi produzido no Laboratório Gráfico
Arte & Letra, com impressão em risografia
e encadernação manual.